D0685358

COLLECTION SÉRIE NOIRE
Créée par Marcel Duhamel

Nouveautés du mois

TONINO BENACQUISTA

Trois carrés rouges sur fond noir

nrf

GALLIMARD

à Mosko, le peintre.

Juan Gris, ayant persuadé Alice Toklas de poser pour une nature morte, entreprit de ramener son visage et son corps à des formes géométriques de base; mais la police arriva à temps et l'embarqua.

Woody Allen

Le triste registre d'appel des vrais suicidés de l'expressionnisme abstrait ? Le voici : Gorky, pendaison, 1948; Pollock et, presque tout de suite après, Kitchen, conduite en état d'ivresse et pistolet, 1956... et pour finir Rothko, couteau, travail salopé comme c'est pas possible, 1970.

(Barbe-Bleue)
Kurt Vonnegut

Trente-cinq toiles, pratiquement toujours la même, d'indescriptibles griffures noires sur fond noir. Une obsession. Un malaise.

Le jour où elles sont arrivées à la galerie, je les ai déballées une à une, de plus en plus vite, en cherchant la surprise et la tache de couleur. Au premier regard, tout le monde les avait trouvées sinistres. Même Jacques, mon collègue. Il est maître-accrocheur, et moi, je suis son arpette.

— On est à la bourre, petit. Ouverture des portes dans vingt-cinq minutes !

La directrice de la galerie ne nous a donné que quatre jours pour monter l'expo, l'ensemble des toiles et trois sculptures monumentales qui ont bien failli lui coûter un tour de reins, à Jacques. Des déchirures d'acier soudées les unes aux autres sur quatre mètres de hauteur. Deux jours entiers pour les positionner, à deux. Je me souviens de la gueule des déménageurs qui sont venus nous les livrer. « Y pourraient pas faire des trucs qui rentrent dans le camion, ces artistes à la noix ! » Les déménageurs ont souvent du mal, avec les œuvres d'Art contemporain. Nous aussi, avec Jacques, malgré l'habitude. On ne sait pas toujours comment les prendre, ces œuvres. Au propre comme au figuré. On a beau s'attendre à tout, on ne sait jamais ce qui va surgir des portes du semi-remorque.

17 h 40, et le vernissage commence officiellement à 18. Le champagne est au frais, les serveurs sont cravatés et la femme de ménage vient tout juste de finir d'aspirer les 450 mètres carrés de moquette. Et nous, on a toujours le problème de dernière minute. Ça rate jamais. Mais il en faut plus pour paniquer mon collègue.

— Où est-ce qu'on la met ? je demande.

Il est là, le problème. Accrocher trente-cinq toiles noires, apparentées, homogènes, c'est facile. Mais parmi elles il y a une orpheline, perdue. En la déballant, j'ai d'abord cru qu'elle s'était glissée là par erreur, et que je l'avais déjà vue, ailleurs, dans une autre collection. A l'inverse des autres, celle-là est très colorée, beaucoup de jaune vif avec quelque chose de fulgurant, le dessin académique d'une flèche d'église qui émerge de la couleur. Un truc plus clair, plus gai, on peut dire. Joyeux, même. Mais je ne pense pas que ce soit un terme agréé par les sphères supérieures de l'Art.

On l'avait gardée pour la fin. La directrice de la galerie, une spécialiste des années soixante, l'éminente Mme Coste, est passée en coup de vent sans nous tirer d'affaire.

— Cette toile-là c'est un problème, je sais, elle cohabite mal avec les autres. Trouvez-lui une petite place discrète où elle pourra respirer. Allez, je vous fais confiance, à tout à l'heure.

Tu parles. Une place discrète... Comment cette petite chose jaune peut-elle s'en sortir, au milieu de ces grands machins noirs. Assez beaux, du reste, mais redoutablement agressifs.

Jean-Yves, le restaurateur, n'arrête pas de se marrer en nous regardant tourner. Il est allongé par terre, avec ses gants blancs, en train de retoucher un coin de toile endommagée pendant la mise en place. Il a presque fini, lui.

— Plus qu'un quart d'heure ! il gueule, pour nous énerver un peu plus.

Des visiteurs, carton d'invitation en main, collent leur front contre la porte vitrée et salivent déjà en pensant aux petits fours.

— Essaie du côté de la fenêtre, fait Jacques.

Je présente la toile à bout de bras. Il prend un peu de recul pour voir si ça fonctionne.

— Bof...

— On n'a plus que dix minutes, je dis.

— C'est quand même bof.

Il a raison. Un mauvais contraste entre les spots et la lumière du jour. Il est question que le Ministre passe au vernissage. Et si on nous trouve là, bêtes, avec une toile sur les bras, la mère Coste va en faire une maladie. Ça me rappelle le soir où nous avions reçu une œuvre d'Australie deux heures avant l'ouverture. Dans la malle en bois on trouve quinze bouteilles plus ou moins remplies d'eau, l'œuvre s'intitule : Requin. Pas de photo, pas de mode d'emploi, et l'artiste est à la Biennale de São Paulo. Les visiteurs commencent à gratter à la porte. Jacques, dans un terrible effort de concentration tente de comprendre ce qui a bien pu se passer dans le cerveau de l'artiste. Déclic. Agencés dans un certain ordre, les niveaux d'eau dessinent un requin de profil, avec mâchoire, aileron et queue. On finit in extremis. Tout le monde admire la pièce en question. Et moi, j'ai admiré Jacques.

Il tourne sur lui-même, furieux et calme à la fois. Jean-Yves a terminé ses retouches et ricane de nouveau.

— Hé, les duettistes, vous êtes bon pour amuser la galerie...

— Toi, ta gueule, fait Jacques, serein.

Ceint de son holster à marteaux, il en dégaine un et sort un crochet X de la poche de son treillis.

— J'ai trouvé, petit...

Il se précipite, je le suis tant bien que mal avec la toile dans une salle où quatre tableaux sont déjà en place. Il en décroche deux, en remet un, tourne en rond, décroche les autres, tout est à terre, je sens que ça tourne au massacre, il en échange deux puis revient sur sa décision, fébrile. Liliane, la gardienne des salles, clés en main, nous prévient qu'elle ne peut plus retarder l'ouverture. Jacques ne l'écoute pas, il continue sa valse dans une organisation qu'il ne comprend pas lui-même. Un pan de mur vient de se dégager, il plante le clou du crochet sans mesurer la hauteur.

— Vas-y, accroche-la, il me fait.

Je pends la toile et jette un coup d'œil panoramique sur la salle. Tout est au mur, les noires sont

14

alignées par le haut, et la jaune est sur un mur de
« retour », on ne la voit pas en entrant, mais
uniquement en sortant. On est plein feu dessus.
Isolée, et pourtant là. Je n'ai même pas besoin de
vérifier avec le niveau à bulle.

Miracle.

Je viens à nouveau de prendre une leçon. Jean-
Yves, fair-play, siffle un grand coup.

— Chapeau...

Coste arrive, pomponnée et frétillante dans sa
robe du soir.

— C'est bien, les gars, vous méritez un petit
coup de champagne. Mais allez vous changer
d'abord.

Avec nos treillis et nos marteaux, on fait un
peu désordre. Jean-Yves s'approche de la toile
jaune et la scrute de très près.

— C'est un vrai problème, cette toile, il dit.

— On est déjà au courant.

— Non, non, il y a autre chose... Je ne sais pas
quoi... Un mélange huile et acrylique... ça tien-
dra jamais le coup. Et il y a un truc qui déconne
sur la flèche, je sais pas quoi...

— On a le droit de peindre avec ce qu'on veut,
non ?

Les premiers visiteurs investissent la pièce,
lentement.

— Elle porte un titre, cette toile ? me demande
Jean-Yves.

— J'en sais rien.

— Bizarre...

Coste nous prie de sortir avec son sourire
ferme. On obéit.

Dix minutes plus tard, frais et propres, nous nous retrouvons, Jean-Yves, Jacques et moi, près du bureau d'accueil où Liliane distribue frénétiquement des catalogues aux journalistes. En lettres blanches sur fond noir, on lit « Rétrospective Etienne Morand ». Un serveur nous tend des coupes. Je refuse.

— Pourquoi tu bois jamais ? demande Jacques.

Le hall se remplit d'un brouhaha typique. Les gens s'agglutinent autour de l'énorme sculpture de l'entrée.

— J'aime pas le champagne.

Et c'est faux. J'adore ça. Mais passé 18 heures, il faut que je sois le plus clair possible. La soirée va être longue. Pas ici, mais pas loin. A quelques centaines de mètres. Mais ce serait trop long de leur expliquer.

Jean-Yves lève le nez d'un catalogue et le referme.

— La toile jaune s'intitule *Essai 30*, et c'est la dernière œuvre de Morand.

— Pourquoi, la dernière ?

— Il est mort pas longtemps après, d'un cancer. Et aucune autre ne s'intitule « Essai ». C'est bizarre de ne peindre que du noir et finir par du jaune.

— Oh ça, c'est les insondables mystères de la création, je dis. Va savoir ce qui se passe dans la tête d'un peintre. A fortiori, s'il a entendu parler de son cancer. Ça ne l'a pas empêché de faire des

16

sculptures au chalumeau, alors, pourquoi pas le jaune...

Mais Jean-Yves a raison. La toile est bizarre. Ce qui m'intrigue plus encore que la couleur, c'est le dessin. Tout le reste de la production de Morand est purement abstrait, hormis celle-là, avec cette flèche d'église d'une incroyable précision... J'ai vraiment l'impression d'avoir déjà vu cette incidence entre la couleur et l'objet. C'est drôle, on a l'impression que le peintre a voulu conclure son œuvre en niant tout ce qu'il avait fait précédemment, avec une touche de... une touche de vie... Mais je n'ai pas le temps de m'attarder là-dessus. L'heure tourne.

— Tu restes pas ? fait Jacques.

— Je peux pas.

— Tu restes jamais. Après six heures tu files comme un lapin ! On te voit plus ! Un jour tu me diras ce que tu fais après six heures. T'es amoureux ?

— Non.

— Alors quoi ?

Je commence ma vie, c'est tout. Ma vie est ailleurs. Elle débute après dix-huit heures et finit tard dans la nuit.

Je prends mon manteau et salue tout le monde à la cantonade. De toute façon, je m'ennuie toujours aux vernissages. Liliane me demande de venir demain pour remplir ma fiche horaire et passer à la caisse. Un gros bisou à toute l'équipe et un long au revoir à l'Art contemporain. Maintenant je m'occupe de mon art à moi.

M. Perez, le concierge, me voit filer.

— Alors, la jeunesse ! On court retrouver les copains !

— Hé oui ! A demain ! dis-je pour écourter, comme d'habitude.

Et c'est parti...

Je sors de la galerie et fonce vers la rue du Faubourg-St-Honoré. Les jours rallongent, les réverbères ne sont pas encore allumés. Vive février, surtout la fin. Un bus passe, je traverse au vert. Je coupe l'avenue Hoche en relevant le col de mon manteau, l'hiver est tenace. Place des Ternes, le marché aux fleurs embellit de jours en jours, les écaillers de la brasserie jettent des poubelles de coquilles, c'est encore la saison. Ce soir, je suis de bonne humeur. Et je vais casser la baraque.

Avenue Mac-Mahon. Une R 5 me klaxonne, je ne prends jamais les clous, tant pis.

J'y suis.

Je lève la tête avant d'entrer, juste pour voir l'enseigne géante du temple. Mon temple.

ACADEMIE DE L'ETOILE

Je grimpe les escaliers, deux étages pour arriver à la salle. Je respire un grand coup, essuie mes mains aux revers du manteau, et entre.

Les lumières, le bruit, l'odeur, le va-et-vient. Je suis chez moi. Benoît et Angelo poussent un cri de bienvenue, les joueurs perchés sur la mezzanine baissent les yeux vers moi, je brandis la main très haut, René, le gérant, me tape dans le dos et Mathilde, la serveuse, fait mine de prendre mon manteau. Ça joue, ça fume, ça rigole. J'ai besoin de ça, tous ces éclats de vie, après mes heures de concentration sur des clous et des crochets X. Le public n'est pas le même que celui des vernissages. Ici, il ne pense à rien, il oublie même le jeu, il chahute, il peut même rester muet pendant des heures. Et moi je suis un drogué qui redevient lui-même après la première dose, à la tombée de la nuit. Avec le bonheur en plus. Tous les néons sont allumés au-dessus des billards, sauf le N° 2. Il est réservé. Je repère un gamin qui se lève timidement de sa chaise pour venir vers moi. Je ne sais pas pourquoi il me fait penser à un gamin, quand il a au moins mon âge. La petite trentaine. Il ouvre à peine la bouche et je le coupe d'emblée, en restant le plus courtois possible.

— On avait rendez-vous à 18 heures, hein ? Ecoutez... je suis très ennuyé, ce soir il y a une partie avec le vice-champion de France, je ne joue pas mais je ne veux pas la rater. Je vous ai fait venir pour rien...

— Heu... c'est pas grave, on peut remettre le cours à demain, il dit.

— Demain...? Oui, demain, pour la peine je ne vous ferai pas payer. Vers 18 heures, comme aujourd'hui.

— C'est O.K... Mais pour ce soir, je peux rester ? Je veux dire... je peux regarder ?

— Bien sûr ! Profitez-en plutôt pour louer une table et entraînez-vous, faites une série de « coulés ».

Pour plus de clarté je positionne les boules que vient d'apporter René.

— Pas plus de vingt centimètres entre les blanches, et pour la rouge vous variez la largeur, au début une main d'écart avec celle que vous tapez. Pour l'instant vous ne vous occupez pas du rappel.

— C'est quoi, le rappel ? Vous me l'avez déjà dit mais je..

— Le rappel c'est jouer le point en cherchant à réunir les boules le plus possible, pour préparer le point suivant. Mais ça, on verra plus tard, hein ?

Je joue le point le plus lentement possible et garde la position pour qu'il mémorise le mouvement.

— Le plus important c'est de rester bien parallèle au tapis, j'insiste là-dessus, un tout petit peu d'angle et c'est foutu, O.K. ? Vous tapez le haut de la bille avec un tout petit peu d'effet à gauche et vous coulez.

Je n'ai pas envie de répéter une fois de plus tous les phénomènes qui se cachent derrière le mot « couler ». Au dernier cours ça m'a pris une bonne heure. Et puis il y a un moment où la formulation ne sert plus à rien, on le sent ou on ne le sent pas, et ça vient petit à petit. Le gamin, pas vraiment à l'aise, s'empare de sa queue de billard toute neuve, passe un trait de craie bleue au bout du procédé, et remet les billes en place. Je regarde ailleurs pour ne pas le gêner.

A la table N° 2 tout semble prêt. René vient d'enlever la bâche et brosse le velours. Langloff, le champion, visse sa flèche d'acajou dans un coin de la salle. Il habite en lointaine banlieue et ne vient que très rarement à Paris, juste pour le championnat de France ou les parties d'exhibition, et parfois, comme ce soir, pour visiter ses anciens copains. Il a un jeu un peu austère, pas de fioritures, mais une technique qui lui a fait gagner le titre à trois reprises. Il avait 36 ans, à l'époque. A chaque fois que je le vois jouer je lui vole quelque chose. Un tic, un geste, un coup. Il me faudra encore des années de boulot avant d'atteindre ce niveau, c'est ce que me dit René. Mais il sent que ça vient.

En fait, je ne suis pas venu juste pour voir. Je sais que Langloff aime jouer à trois, et René a promis de me proposer, pour la partie de ce soir. J'y pense depuis une semaine. C'est pour ça que j'avais le feu aux fesses, en sortant du vernissage.

René discute avec Langloff. Je vois bien son manège, il lui parle de moi, je croise les bras, assis sur la banquette en regardant le plafond. C'est pas évident de jouer avec un jeune. Je comprendrais tout à fait qu'il refuse.

— Hé, Antoine ! Viens par là...

Je me lève d'un bond. René fait les présentations. Langloff me serre la main.

— Alors, c'est vous le fils prodige ? René me dit que vous avez la dent dure, pour un gamin.

— Il exagère

— C'est ce qu'on va voir. Ça vous dit, une partie en trois bandes ?

Tu parles si ça me dit !

Ce soir, j'ai intérêt à ne pas décevoir les copains. Je serre la main à un vieux monsieur tout le temps fourré ici et qui ne joue plus depuis deux ans. « L'arthrite ! », il répond, quand je lui propose un petit frottin. Il a soixante-neuf ans, et je suis sûr qu'il se défendrait encore bien. Et quand je regarde son parcours, je me dis qu'avec ma trentaine, j'en ai encore pour quarante ans. Quarante ans de science. Quarante ans de plaisir, de jubilation chaque fois que le point est fait. Un jour ou l'autre, je m'inscrirai au Championnat. Tout ce que je veux c'est faire des points, je veux des prix de beauté, je veux pouvoir faire des trucs qui défient les lois de la physique, je veux que la flèche d'acajou soit le prolongement de mon index, je veux que les billes prennent des angles impossibles, qu'elles obéissent aux ordres les plus tordus, qu'elles soient téléguidées par ma main et ma volonté. Le billard est un univers de pureté. Tout devient possible. Et simple. On ne fera jamais deux fois le même point dans toute sa vie. Trois sphères dans un rectangle. Tout y est.

Ma vie est ici. Autour de ce rectangle.

Quarante ans de bon.

Angelo joue avec nous. Il vient de placer les boules afin de déterminer lequel de nous trois va ouvrir. Et comme dit le rital : « quand ça roule sour dou vélour, cé dou billard ». J'enlève ma montre et demande une petite minute d'échauffement, histoire de voir comment mon bois répond. Pour les mains, ça va, elles travaillent toutes seules. Mes yeux s'habituent à la lumière qui glisse sur le tapis sans sortir du périmètre de la table. On peut y aller.

Dans un flash de souvenir, je repense à mon oncle, le vieux Basile. J'aurais aimé qu'il me voie, ce soir, celui qui m'a appris à jouer, à Biarritz. J'avais dix-huit ans, je courais vite, je tapais fort, je voyais loin. Lui, il frôlait le gâtisme, portait des doubles foyers et mettait dix minutes pour traverser la salle du café. Mais dès qu'il prenait sa queue de billard, c'était pour me montrer comment on pouvait flirter avec la perfection géométrique. Avec la beauté des sphères qui s'entrechoquent. Les boules dansaient.

J'en ai vraiment pris pour quarante ans.

*

Durant les six dernières parties je ne me suis levé que onze fois. Angelo nous a laissés en tête à tête, Langloff et moi, les deux dernières heures. Ma plus belle série m'a fait faire vingt-quatre points de suite. Langloff m'a regardé d'un drôle d'œil. Pas inquiet, non. Intrigué. On savait tous qu'il nous donnerait une leçon, mais je me suis accroché à ses basques avec une hargne de jeune chien. A un moment j'ai même refait une variante d'un coup qu'il avait joué l'année dernière. J'avais trouvé ça tellement beau que je m'étais entraîné des heures durant pour le réussir. Il s'en est souvenu et ça l'a fait marrer. J'ai à peine entendu le bruit des queues qu'on tape à terre pour souligner les beaux coups. C'est notre manière d'applaudir. J'étais hypnotisé. Ce soir, tout m'a réussi, surtout les « rétros ». Quand j'ai rouvert les yeux, les néons étaient éteints, hormis le nôtre, et une douzaine d'aficionados nous regardaient, silencieux. Angelo, craie en main, notait mon score avec une joie non dissimulée. René avait baissé les stores, comme il fait d'habitude après onze heures. Langloff a superbement conclu sur un point avec pas moins de cinq bandes. Histoire de sortir en beauté.

On a tous crié. René a éteint les néons de la table 2. Langloff m'a pris par le bras pour nous mettre un peu à l'écart.

— Tu m'as fait peur, gamin.

— Vous plaisantez ! Vous m'avez mis trois sets dans la vue...

— Non, non, je sais de quoi je parle. René m'a dit que tu n'avais pas d'entraîneur.

— Ben... Oui et non... J'ai René, Angelo et Benoît.

— Faut passer à la vitesse supérieure. Cette année c'est mon dernier championnat, et après je veux m'occuper d'un jeune. Et toi, t'as le truc. Fais-moi confiance.

René nous rejoint, il me tapote la joue, je ne sais pas quoi dire. Il est d'accord avec Langloff. Je suis leur espoir à tous, ici.

Le champion met sa pelisse chinée grise.

— Réfléchis, gamin. En fin d'année on peut se revoir. Réfléchis...

Dès qu'il quitte la salle, René et Angelo me collent des petites baffes dans la nuque.

— Si tu refuses t'es un nul. Avec lui comme entraîneur tu seras prêt dans deux ans pour le championnat.

24

Je suis un peu perdu. Ça me tombe dessus sans prévenir. Il faut que je sorte pour repenser à tout ça, tranquille, dans mon lit.

J'ai rangé ma flèche de bois dans sa housse et salué tout le monde.

— A demain...

En bas j'ai pris un taxi.

Dans mon lit, les yeux clos, la valse des billes a tournoyé encore un long moment.

*

En ce moment je récupère mal, peut-être à cause de la literie. Avec ma paye d'aujourd'hui, je vais pouvoir m'offrir un nouveau matelas. La galerie vient d'ouvrir, Liliane est toute fraîche. C'est vrai qu'il est déjà onze heures du matin.

— Jacques est déjà passé, à neuf heures. Il te fait une grosse bise.

A demi réveillé je m'assois près du bureau d'accueil où une coupe de champagne vide traîne encore.

— Ça s'est fini tard ?

— Minuit, elle dit. Un monde fou. Et toi, ça s'est fini à quelle heure ? Vu la gueule que t'as, t'as fait la bringue ?

Pour toute réponse, je bâille.

— J'ai préparé ta fiche de paye, t'as plus qu'à vérifier les heures et j'irai la faire signer à Coste. Et l'Antoine, hop, le fric en poche, il disparaît, et on le voit plus jusqu'au décrochage, hein ?

Il est vrai que je ne mets jamais les pieds ici

entre le montage et démontage d'une expo. C'est Jacques qui s'occupe de la maintenance, une fois par semaine.

— Elles appartiennent à qui, les œuvres ? je demande.

— Au patrimoine national. Morand a fait une donation à l'Etat.

Au patrimoine national... A tout le monde, en fait. Un peu à moi aussi. Coste nous a expliqué qu'elle avait rencontré Morand à son retour des Etats-Unis et que son travail lui avait beaucoup plu. Elle tenait absolument à faire cette rétrospective.

— Le Ministère de la Culture a prêté les œuvres pour un mois, fait Liliane. Au décrochage elles repartiront toutes au dépôt. T'aimes bien le dépôt, hein Antoine ?

Sûr, que je l'aime. C'est un gigantesque réservoir à œuvres où est stockée une partie du patrimoine. J'y travaille en été, quand la galerie est fermée, pendant les vaches maigres. C'est Coste qui m'a pistonné pour avoir ce job.

— C'est quand, au fait, la prochaine expo ?

— Le 22 mars, vous aurez quatre jours pour la monter. Et vu les œuvres, va y avoir du sport.

— C'est quel genre ?

— Des installations, des objets sur des socles.

Mauvaise nouvelle... Je redoute le pire. J'ai horreur de ça, les objets, les statuettes africaines avec des walk-men, des brosses à dents sur des parpaings, des ballons de basket dans des aquariums, et d'autres choses encore. C'est la tendance post-Emmaüs. Depuis trois ans, l'art

26

contemporain s'est mis à concurrencer la bro-
cante. C'est le culte du practico-inerte. On
regarde un ouvre-boîtes sur un socle et on se pose
toutes les questions qu'on ne se poserait pas dans
sa propre cuisine. Je veux bien... On a pas fini de
rigoler, Jacques et moi. Combien de fois ai-je
répondu à des visiteurs que le cendrier et le porte-
parapluies ne faisaient pas partie des œuvres
exposées.

— Tu me gardes la boutique un petit quart
d'heure. Je reviens avec ton chèque.

C'est la procédure habituelle. J'aime bien jouer
au gardien de musée, ça me réveille en douceur.
Mais ça représente un boulot de titan. Il faut une
vraie science de l'inertie. Les gardiens de musée,
ça fait toujours marrer, on se demande à quoi ils
pensent, on raconte qu'ils sont amoureux d'une
œuvre, qu'ils passent leur journée à rêvasser,
assis, pendant trente ans, les yeux à la fois vagues
et fixes sur la même nature morte. Le plus
souvent, un faisan déplumé et deux pommes bien
mûres sur un panier d'osier. Mais ici, ce serait
plutôt un faisan d'osier et un panier bien mûr sur
deux pommes déplumées.

Par curiosité, je pose les yeux sur le livre d'or
pour lire la liste des éloges, insultes et graffitis
laissés par les visiteurs, hier soir. En le parcourant, dès le lendemain du vernissage, on sait si
l'expo va marcher ou pas. Et pour la rétrospective
Morand, c'est mal barré. « *Nullissime, et c'est le
contribuable qui paie* » ou encore « *Très belle
exposition. Bravo* » ou « *J'en fais autant et voilà*

mon adresse » ou même *« 30 ans de retard. Le contemporain ne s'arrête pas aux années 60 ! »*

Je l'aime bien, ce gros bouquin blanc, c'est le seul moyen qu'à le public de donner un avis, anonyme ou signé, sur ce qu'il vient de voir. L'expo Morand ne fera pas dix visiteurs par jour. Ils sont pourtant conscients de prendre un risque en entrant dans une galerie d'art moderne, ils ne s'attendent pas forcément à voir du beau, du propre. Sinon ils iraient au Louvre. Et ceux qui, comme moi, n'y connaissent pas grand-chose, et qui osent trois petits pas timides vers ce qu'il y a de plus difficile à approcher, ceux-là ont bien le droit de griffonner un petit mot sur le livre d'or.

Un type entre, et sourit.

— On peut visiter ?

— Oui.

— C'est gratuit ?

— Oui. Allez-y.

Il ne jette pas même un œil sur la sculpture du hall et s'engouffre dans une des salles. Rapide, le gars. Il porte toute la panoplie du gentleman farmer, si j'avais du fric je m'habillerais comme ça, un costume en chevron, sûrement un Harris tweed, une chemise beige, une cravate d'un brun luisant, de grosses chaussures anglaises, et un Burberry's froissé, sur l'épaule. On verra à ma prochaine paye...

Si Liliane avait la bonne idée de revenir avec un café... Je repartirais en pleine forme avec un chèque et un long après-midi de farniente devant moi. Pour tromper l'ennui je prends un

28

catalogue et le feuillette en cherchant la biographie du peintre.

« *Etienne Morand naît à Paray-le-Monial (Bourgogne) en 1940. Après avoir suivi les cours de l'école des Beaux-Arts, il part à New York en 1964, attiré par le mouvement expressionniste abstrait. Il s'intéresse de très près aux techniques de...* »

Je cesse de lire, tout net.

Un bruit...

Quelque chose a crépité.

Liliane ne revient toujours pas.

Ce n'est peut-être pas grand-chose, un spot qui a cramé ou une corde qui se détend sous le poids d'une toile, mais je suis obligé de me lever. A moins que ce ne soit ce visiteur qui, comme tant d'autres, cherche à rectifier l'alignement d'un cadre avec un petit coup de pouce. Si c'est le cas, je vais devoir passer derrière avec le niveau à bulle.

Je dois faire un petit tour vite fait dans la salle du fond, en douce, malgré une sainte horreur de jouer les suspicieux. A mesure que j'avance le crépitement augmente. Je débouche dans une salle et le type se retourne. Je pousse un cri...

— Mais...!!! Vous... Vous êtes...

Je cherche un mot, une insulte peut-être, mais je ne sais pas ce qu'on dit dans un cas pareil...

Il donne un dernier coup de cutter pour détacher la toile du cadre béant. La toile jaune.

Je bafouille, susurre des mots qui restent bloqués dans ma gorge.

Il finit calmement son boulot.

Je voudrais réduire la distance entre nous mais je ne peux faire le moindre pas, je piétine devant un mur invisible et infranchissable.

Trouille...

Par deux fois, je me penche en avant sans pouvoir bouger les jambes, il faudrait percer dans les briques mais mes semelles restent clouées. Il s'embrouille lui aussi, chiffonne la toile et ne réussit qu'à la rouler en boule sous son Burberry's. Pour sortir il est forcé de passer par moi, me contourner ou me foncer dessus, il hésite, le même mur lui interdit de prendre une initiative, il secoue la tête et brandit le cutter.

— Ecartez-vous... Ne vous mêlez pas de ça ! il crie.

Je ne sais pas me battre, je devrais lui sauter à la gorge ou bien... ou bien courir vers la sortie et bloquer les portes... l'enfermer...

Il faudrait que j'avance, ne pas lui montrer que je suis paumé, vide... Mes bras sont creux, j'ai du mal à les passer au-dessus de ce mur de trouille.

— Ecartez-vous... Nom de Dieu... écartez-vous !

J'ai crispé les poings avant l'élan et j'ai plongé sur lui, mes deux mains se sont accrochées à son col et j'ai tiré comme un fou pour l'entraîner à terre, j'ai basculé avec lui, il s'est débattu, les genoux au sol, mon poing gauche s'est fracassé sur sa gueule, j'ai recogné, j'ai tourné la tête et la lame du cutter s'est planté dans ma joue. J'ai hurlé, relâché mon étreinte, il a enfoncé la lame plus loin dans la chair et j'ai senti la joue se déchirer jusqu'à la mâchoire.

Je suis resté une seconde sans bouger. Une nappe de sang a glissé dans mon cou.

J'ai crié.

Des postillons de sang ont fusé entre mes lèvres. Puis un flot entier m'a interdit le moindre râle.

Du coin de l'œil je l'ai vu se lever et ramasser son imper.

Lent.

J'en ai oublié la douleur, une montée de rage m'a hissé sur mes pieds. Il s'est mis à courir. Je l'ai suivi, cahotique, une main sur la joue cherchant à retenir on ne sait quoi, du sang qui ruisselle sur ma manche, des lambeaux de chair, je ne sais pas, je n'ai vu que lui, son dos, j'ai couru plus vite et me suis jeté en avant pour le plaquer. Il a tournoyé puis s'est écroulé à terre, au pied de la sculpture de l'entrée, il m'a talonné le visage, quelque chose a craqué pas loin de la morsure de ma joue et mon œil droit s'est fermé tout seul.

De l'autre j'ai pu le voir reprendre l'équilibre sur ses genoux et s'agripper au socle de la sculpture. Sa main s'est accrochée à une des branches métalliques, il a tiré dessus pour mettre tout le bloc de ferraille sur champ, en équilibre. Il m'a envoyé un dernier coup de pied au visage, j'ai gueulé comme un animal, j'ai ramené mon bras vers mes yeux et tout est devenu noir.

Je me suis forcé à relever la tête.

Je me suis senti partir, lentement, à la renverse. J'ai senti l'évanouissement monter comme un hoquet. Un seul.

Mais avant il y a eu une petite seconde au ralenti.

J'ai tout perçu en même temps, le silence, la chaleur, la coulée de sang sur mon torse.

Et cette avalanche argentée qui doucement s'est mise à osciller vers moi quand j'ai sombré dans l'inconscience.

Chaud.

J'ai la gorge sèche, ici. En soulevant le menton je pourrais peut-être le tirer de sous le drap. Mon cou pourra respirer un peu. Il n'y a pas que ça qui gêne, ici. En voulant ouvrir les yeux, j'ai bien compris qu'un seul réagissait, et encore, pas beaucoup, juste un rai. L'autre refuse de se détendre. Et puis, il y a aussi cette lisière piquante le long de mon front, une bande aigre qui adhère à ma sueur. J'ai beau bouger la tête de droite à gauche, impossible de la faire glisser.

Tout à l'heure j'ai essayé d'ouvrir la bouche mais je n'ai pas insisté. Pas question de desserrer les lèvres comme ça. Maintenant, j'ai pigé. Sur le nez, ça, je suis sûr, il y a un pansement collé d'une oreille à l'autre, il va de la lèvre supérieure à la paupière de mon œil ouvert. Ça ne sent rien, heureusement.

J'entends du bruit, dehors. Ça bouge. J'aimerais bien bouger aussi. En forçant un peu sur la nuque je pourrais voir le reste de ma carcasse.

Tu parles... Jamais vu un lit bordé aussi serré.

33

Histoire d'en sortir une minute, je lévite un peu vers le plafond, doucement, je m'évade, je plane, et regarde en bas, en cherchant à quoi je peux bien ressembler.

Une œuvre d'art... Ça fait drôle d'être dans la peau d'un portrait cubiste. Le profil écrasé dans la face, avec un œil qui pend et une joue striée aux couleurs chaudes. Jamais je n'aurais imaginé connaître un jour ce que peut ressentir un portrait de Picasso. Et c'est pas joli, l'envers du tableau.

J'ai dû rêver beaucoup. En fermant mon œil je peux retrouver les dernières images. Une tribune, avec des gens, debout. J'ai la gorge trop sèche, ça va m'empêcher de me rendormir. Ils se sont tous levés en même temps. L'arbitre s'est levé aussi, pour bien vérifier que la boule blanche pointée a bien touché la rouge. C'est vrai que si on ne met pas le nez dessus on ne peut pas être sûr que le point est fait. Moi je le sais. J'ai fait rouler le long de la bande avec juste assez d'effet pour la faire tourner un poil dans l'angle. Avec un petit coup de pouce de Dieu. J'ai du mal à décoller ma langue du palais et mes papilles réclament. C'est sûrement la première fois de ma vie que je souffre de la soif. C'est rare. A l'académie je ne me permets pas la moindre bière, j'ai peur de me brouiller la vue, même un tout petit peu.

Quelque chose vient me rafraîchir le haut du front. Une main qui s'échappe déjà, je dresse la tête en cherchant à ouvrir mon œil au maximum.

Une femme.

Un rai de femme. Sa bouche s'articule.

— ... réveil !... surtout pas... doucement...

Je n'entends presque rien. Mon oreille droite est bouchée et l'infirmière parle du mauvais côté. Et pas fort. Mais celle-là, je ne dois pas la rater.

— Eau... Oooooooh... !

Rien que ce son me fait mal aux lèvres, ou à la joue, mais je ne sais plus très bien où s'arrête quoi. Elle approche un verre.

— Ne bougez pas.

Je peux boire seul mais je la laisse faire. C'est bon. Je vais me remettre à rêver dès que cette fille sera sortie.

Je sais bien pourquoi je suis dans ce lit, ça m'a sauté à la conscience comme un chat énervé dès que j'ai ouvert l'œil. J'ai fait le tour des douleurs et aucune ne manque à l'appel, surtout celles qui me tiraillent le visage. Combien de temps avant de retrouver mon acuité visuelle ? Hein ? Le reste, je m'en fous, même si je ne parle pas ou si je n'entends rien. Rien de tout ça ne m'est vraiment indispensable.

Un visage d'homme avec un demi-sourire. Il faudrait que lui aussi me serve à quelque chose.

— ... Grassssheu... ronnnn.

— Ne vous agitez pas. Dormez un peu, vous êtes encore sous l'effet de l'anesthésie. Vous voulez voir quelqu'un ? On a demandé à votre travail s'il y avait quelqu'un à prévenir en cas d'urgence mais ils n'ont rien trouvé. Dès que vous pourrez parler on essaiera de faire quelque chose.

Quelle anesthésie ? La joue ? Et ce crétin n'a

pas compris que ça me démangeait terriblement sous le pansement du front, et qu'avec un simple geste il pourrait relever la bande et essuyer la sueur. Il va falloir que je le fasse moi-même. Mon bras droit est immobilisé et seule la main gauche a suffisamment de ressources pour effleurer mon crâne. Mais c'est pénible. L'homme me reprend le bras presque de force et le repose.

— Ne bougez pas, s'il vous plaît. Quelque chose vous gêne ? Le pansement est trop serré ?

En trois secondes il réalise d'où vient mon énervement et m'éponge le front et les tempes avec une compresse froide. Je soupire d'aise.

— Dormez, je repasse dans quelques heures. On pourra discuter un peu.

On bavardera par gestes. L'anesthésie dont il parle, c'est celle de la joue, j'ai tout le pan droit de la gueule qui ne réagit pas. Ils ont dû me recoudre. Bientôt je sentirai les agrafes. Ça doit faire mal, ces conneries. Je suis peut-être défiguré. Les gars de l'académie vont se marrer. Et à la galerie, ça va être le musée des horreurs. Quel jour sommes-nous ? Ça s'est passé hier ou ce matin ? Je n'ai rien entendu, pas de sirène, pas de cris. Je n'ai aucun souvenir d'un choc, j'ai dû m'évanouir juste avant la chute de cette énorme chose. Toutes les douleurs au visage se réveillent, doucement. Elles s'accordent, à l'unisson, pour ne faire qu'une seule plaie. Ma langue vient d'essayer de parcourir l'intérieur de la joue et j'ai reçu un coup de jus. J'ai la gueule à vif. Mais tout ça c'est rien. La douleur veut me faire crier et je ne peux pas, j'aimerais voir les dégâts de mon visage dans un miroir mais je ne peux pas ouvrir les yeux, j'aimerais passer mes doigts sur chaque écorchure mais mes deux bras sont plombés sur les bords du lit. J'ai besoin de toute ma carcasse. J'ai besoin de m'entraîner tous les jours, Langloff va me trouver moins bon. Il ne voudra plus s'occuper de moi.

Ma vie est ailleurs.

*

— Personne à prévenir ?
— Honnnn !!!
— Ne vous énervez pas.

S'il dit ça encore une fois, je lui crache à la gueule. Au besoin j'arracherai le bandage. Ma main gauche est revenue, j'ai pu me gratter plusieurs fois, mais la droite est enrubannée dans une pelote de gaze. Et ce con en blouse blanche cherche à tout prix à ce qu'on vienne pleurer autour de moi. Je suis fils unique, mes parents sont à Biarritz, et je ne veux pas les inquiéter avec toutes ces histoires. Ils sont vieux, ils seraient capables de faire le voyage rien que parce qu'un salaud a cherché à me défigurer. Mon père, c'est pas le genre solide, et ma mère c'est une mère, voilà.

— Pas de famille, une compagne ? Un ami ? Ça pourra peut-être vous aider. Je vous donne un papier, écrivez un numéro de téléphone.

M'aider à quoi ? A hurler ? A tout casser ici ?

Tout en cherchant dans sa blouse il détourne les yeux et me demande, à la dérobée.

— Vous êtes gaucher ?

Surpris, j'ai grogné un non, instantanément.

— Bon. Je vais prendre votre main gauche et vous aider à écrire.

Avant que je puisse réagir, il est déjà en position et me glisse un crayon entre le pouce et l'index. La rage me monte à la gorge, je pousse des grognements de plus en plus graves, il rapproche le papier de mon œil. Je ne vois presque rien, je n'ai jamais rien écrit de la main gauche et je ne veux prévenir personne. Et lui, j'ai envie de l'étriper. Le crayon n'y suffira pas. Comme un forcené je plante la mine dans le papier et griffonne avec une incroyable lenteur des zigzags qui m'échappent, qui dérapent hors de la feuille, qui s'arrêtent sans que je le veuille. Je n'ai encore jamais dessiné un mot avec ma main débile. C'est de l'abstraction pure.

Quand j'ai l'impression d'avoir terminé, le crayon glisse et tombe à terre. J'espère que ça ressemble à ce que je voulais. Il lit :

J'AI MAL

— Oui, vous souffrez, c'est le réveil, mais je ne comprends pas ce que vous avez écrit, juste après, un C un P et le reste... un A, non ?

Après, j'ai voulu écrire *CRETIN* mais j'ai abandonné. Je secoue la main pour éluder la question.

— J'appelle l'infirmière qui va vous donner quelque chose. Essayez de ne pas trop bouger.

Oui, j'ai mal et je ne connais personne à Paris qui puisse s'en inquiéter. C'est si étrange que ça ?

— Ecoutez, je ne veux pas vous ennuyer, je vous pose la question une dernière fois pour être sûr que vous ne voulez voir personne, alors voilà, vous allez cligner de l'œil, une fois pour oui, deux fois pour non, o.k. ?

Pour en finir avec cette histoire je cligne deux fois de suite. Voilà, c'est terminé, maintenant on s'occupe de ma peau, j'ai le crâne en feu, j'ai même l'impression que toutes les dents du côté droit ont décidé de s'en mêler. Je ne sais plus comment échapper à ce masque de douleur. Piquez-moi, endormez-moi ou je vais crever !

L'infirmière entre, peut-être pour me sauver. Ils échangent un regard, je ne vois pas grand-chose, il semble dire non de la tête.

— Doublez la dose d'antalgique, mademoiselle.

Elle tend la main vers un appareillage que je n'avais pas vu, une bouteille suspendue en l'air. Je pousse un hoquet de surprise. Un goutte-à-goutte… Le tuyau est planté dans mon bras droit depuis des heures et je n'ai rien senti jusqu'à maintenant.

— C'est un calmant et un reconstituant sanguin, il dit.

Je tente de sortir le coude droit et immédiatement ils le plaquent contre le lit, tous les deux en même temps. La fille a même laissé échapper un « hé ! ». Ils se regardent à nouveau, sans rien dire, et pourtant j'ai bien l'impression qu'ils se parlent. Ma main droite a l'air de répondre, malgré les bandages. J'aimerais bien qu'on la laisse libre. Je ne me souviens pas à quel moment elle s'est blessée.

— Appelez M. Briançon, mademoiselle.

Le toubib me prend la tension, un autre arrive tout de suite, comme s'il attendait derrière la porte. Ils échangent deux ou trois mots que je n'entends pas, et le premier sort sans me regarder. Le nouveau est plus jeune et ne porte pas de blouse. Il s'assoit sur le bord du lit, tout près de moi.

— Bonjour monsieur Andrieux, je suis le docteur Briançon, je suis psychologue.

Un quoi...? J'ai dû mal entendre.

— Vous serez sur pied dans peu de temps, tout au plus une semaine. On vous a recousu la joue. Dans deux jours on pourra vous enlever le bandage sur les yeux et vous verrez normalement. Dans cinq ou six on enlèvera les agrafes et vous pourrez recommencer à parler. En tout vous resterez une quinzaine de jours pour que tout cicatrise bien. Au début nous avons eu peur d'une commotion cérébrale mais l'électro-encéphalo-gramme est bon.

Quinze jours... Encore quinze jours ici ? Pas question. Il n'en est pas question une minute. S'il le faut j'irai à l'académie momifié, sourd et muet, mais j'irai. Je braille un coup, comme ça, mais je sens bien que l'argument est faible. J'aimerais lui poser des questions, lui expliquer mon cas, lui dire que j'ai besoin de tous mes réflexes. Le

40

billard, c'est spécial, on peut perdre beaucoup en peu de temps. Je grogne à nouveau et soulève les bras, il se lève et change de côté. J'agite la pelote pour qu'il comprenne ce qui me préoccupe vraiment. La main droite.

— Queeee... larrr... atttt...

— N'essayez pas de parler. Reposez votre bras. S'il vous plaît...

J'obéis.

Et quelque chose se met à me mordiller l'estomac. Une nouvelle douleur, inconnue, blanche. C'est quand il a dit « s'il vous plaît », j'ai compris qu'il y tenait, vraiment, pas comme l'autre toubib.

— Nous n'avons rien pu faire.

Mon visage se refroidit. Je n'ai plus mal nulle part, sauf au ventre. Comme une colique brûlante. Un trop-plein d'urine. J'ai besoin d'un peu de silence.

— En tombant, la sculpture a sectionné net le poignet.

Quelque chose m'échappe, il dit « la » sculpture et « le » poignet, tout ça m'a l'air très précis. Et clair. Sectionné net le poignet. Sectionné. Sectionné net. Net. Le poignet, sectionné, net.

— Je suis désolé...

Muet.

Tout mon corps vient de se vider. De la lave a coulé sur mes cuisses.

L'œil gauche s'est fermé, tout seul. Puis s'est rouvert.

Il reste là, sans un geste.

J'ai senti un picotement dans le nez, j'ai respiré par la bouche.

— Votre main était en trop mauvais état... Impossible de tenter la greffe.

Il attend.

Il se trompe.

Je ne suis pas médecin... Mais il se trompe. Et j'ai besoin de silence.

Ma main gauche a tâtonné à l'aveuglette sur la table de chevet et a rencontré le crayon. Puis elle l'a pointé en l'air.

Il réagit, ramasse le bloc de papier et le présente sous la mine.

Elle a crayonné en tremblant, d'autres gribouillages, anarchiques. Cette main n'en fait qu'à sa tête, comme si elle se foutait de la mienne, ma tête, cabossée, incapable de transmettre un ordre simple, un mot, juste un seul, et cette main, ingrate, en profite, elle refuse de me traduire, elle n'ira pas, c'est elle qui décide, ce mot-là, c'est son premier, elle tient sa revanche et je tremble un peu plus.

A bout de force, je la laisse retomber.

Lui, il a suivi des yeux notre combat.

Il lit.

SORTEZ

La porte se ferme sans bruit. Le picotement a cessé dès que mon œil a pu enfin relâcher ses larmes.

*

Je me suis dressé d'un bloc, dans la nuit. Je n'ai
rien senti que la sueur chaude et glacée plaquée
sur tout le corps, et puis, très vite, un tiraillement
aigu vers le nombril. Une braise entre les reins. Je
n'ai pas pu retenir mon urine. De ma main folle
j'ai tapé un peu partout vers la table de chevet,
des choses sont tombées, la carafe d'eau, sûrement, au bruit, mais je n'ai pas réussi à avoir de la
lumière. Et pourtant il faut que je voie clair, il
faut que je la voie, il faut que je la touche. Elle
est là, je la sens tout prêt, elle veut s'approcher de
mon visage, le caresser pour retrouver la forme
du nez et sécher mes yeux. D'un coup sec du bras
je la sors d'un bracelet en tissu qui retenait le
poignet. Le ventre me brûle, le pansement est
serré, je grogne, je ne vois rien, ma main gauche
ne suffit pas à défaire l'épingle et le nœud, je
perds patience, j'ouvre la bouche sans tenir
compte de la blessure, plus rien n'est important,
je mords, je griffe dans la pelote, j'arrache tout ce
que je peux, je hurle de rage, je déglutis un
crachat de sang, je vais enfin la voir, elle écarte
les doigts au maximum pour me venir en aide, de
l'intérieur, elle travaille comme elle peut, le
bandage se détend et la pelote se déroule à terre.
J'agite les bras comme un damné, l'aiguille du
goutte-à-goutte est arrachée, ça y est, la main est
à nu, je vais pouvoir la prendre dans ma bouche
et lécher mes doigts, fermer le poing et taper
contre le mur, écrire tout ce que je voudrais

hurler, dans le noir, elle m'effleure le torse, elle remue comme une araignée folle qui grimpe le long de mon cou...

Mais je ne la sens pas contre ma peau.

La lumière est revenue. Deux femmes en blanc se sont jetées sur moi, mais j'ai crié comme une bête pour ne pas qu'elles approchent.

Et j'ai vu. Enfin.

J'ai vu cette grosse araignée fébrile, impalpable, invisible. Jonchée sur un moignon mal découpé. Une araignée que moi seul pouvais voir. Et qui n'a effrayé que moi.

Pour éviter la place des Ternes je suis sorti à Courcelles. En traversant le parc Monceau j'ai croisé des rangées de gosses en costume bleu, et j'ai réalisé que nous étions presque au printemps. Dans une allée, j'ai senti que j'allais perdre l'équilibre et me suis assis sur un banc. Ça m'arrive chaque fois que je marche dans une aire dégagée, sans murs. Dans le vide je me sens bancal. Je ne sais pas vraiment pourquoi mais ça ne dure pas longtemps, quelques secondes, le temps de reprendre mon souffle.

J'ai froid aux pieds. J'aurais dû m'acheter des bottes au lieu de cette paire de mocassins qui ne couvrent pas même les chevilles. Les bottes pourraient m'éviter de perdre du temps avec les chaussettes. Je me suis mis à haïr les lacets, et ce n'est même pas le premier geste du matin.

Avant, il y en a un tas d'autres.

Beaucoup.

Je n'ai appris ça que très récemment. Il y en a tant que je suis obligé de choisir. Le lever est pourtant moins pénible que le réveil. C'est au moment où j'ouvre les yeux que le plus gros du travail de la journée est passé.

En remontant l'avenue de Friedland j'ai regardé l'heure à un horodateur. 10 h 30. La convocation disait 9 h 00.

Rien ne presse. Depuis ma convalescence je sais prendre le temps. En sortant de l'hôpital Boucicaut j'ai pensé descendre à Biarritz, chez mes parents, pour y passer un mois de restructuration physique et mentale, mais j'ai reculé devant le premier obstacle : me montrer à eux. Je n'ai même pas téléphoné pour leur annoncer que mes chances de devenir le type que j'aurais aimé être étaient compromises. Alors, rien, j'ai attendu, lâchement, chez moi, que le moignon cicatrise. J'y ai appris à ravaler mon orgueil et à admettre que je ne faisais plus partie du peuple rapide. J'ai rejoins la catégorie des disgracieux, des pénibles et des maladroits. Il me faut fournir un gros effort mental pour me convaincre de cette idée, qui s'estompe immédiatement dès la première somnolence, où je me revois entier, gentil, sans penser à mal.

3 avril. L'hôpital est déjà loin. Coste et Liliane m'ont rendu visite, elles m'ont dépiauté quelques bonbons et j'ai attendu, patiemment, qu'elles partent. Jacques n'en a pas eu le courage et je lui en rends grâce.

Par réflexe je m'arrête devant la loge de M. Perez au lieu de monter directement dans la galerie. Il ne m'a pas vu depuis plus d'un mois mais fait comme si j'avais rendu les clés la veille.

Son sourire se termine mal, ses yeux fuient et passent furtivement sur mes poches.

— Antonio… Beaucoup de monde dans la galerie… Ça va, Antonio… ?

— Et vous ?

Une voiture entre dans la cour d'honneur et Perez se précipite.

— Ils se garent n'importe où… bah…

Les gens que je croise se partagent désormais en deux catégories, ceux qui ne tardent pas à comprendre et ceux qui font comme si de rien n'était Les premiers ne savent pas comment ranger leur poignée de main, les seconds, rusés, inventent un autre bonjour. Ils innovent. Et je ne connais personne dans Paris qui oserait me faire une bise.

Par trois fois j'ai réussi à retarder la reconstitution sans raison valable. La semaine dernière j'ai compris qu'il ne fallait pas abuser en recevant une vraie convocation. Pendant mon mois de convalescence, je me la suis faite tout seul, ma reconstitution.

Reconstitution…

Si j'avais perdu ma main dans un casse auto, sous une épave de R 16, on aurait pas fait tout ce ramdam. Mais si on la retrouve broyée sous un quintal d'art contemporain, à la suite du vol étrange d'une toile étrange, jaune, un bien public, on se pose forcément des questions. Le flic, à l'hôpital, m'a dit que j'avais bel et bien réchappé d'une tentative d'assassinat, parce que j'aurais vraiment dû la recevoir de plein fouet, cette sculpture. Et j'aurais tellement préféré l'épave de R 16.

Ça veut dire quoi, au juste, une reconstitution ? Je ne sais plus très bien si on a convoqué la victime ou le témoin. On va m'obliger à mimer la haine ? A simuler un mur de briques que personne ne verra ? A suggérer une araignée invisible ? Je la sens encore, ma main. Elle pend, dans ma manche ballante. On m'a dit que ça pouvait durer un an, l'illusion. Les culs-de-jatte essaient de marcher et tombent, surpris. Les manchots s'accoudent et se cognent le nez. Moi je renverse les tasses de café quand le moignon butte dedans. Encore faut-il que j'aie réussi à en faire, du café. Et ce n'est que le troisième geste d'une interminable journée.

Je reconnais le flic qui est venu me voir à l'hôpital. J'ai déjà oublié son nom et quelques bribes de sa spécialité, je ne savais même pas que ça existait, le machin Central des Vols d'Œuvres et trucs d'Arts. Il n'y a guère que lui pour énoncer sa fonction en entier. Sur mon lit, engourdi d'ennui, je lui ai demandé s'il considérait l'assassinat comme un des Beaux-Arts. Et il m'a proposé de passer quand je serais tout à fait réveillé. Le lendemain il a cherché à me faire parler de l'agresseur, et la seule description que j'ai pu fournir est celle d'un gentleman poli et lent. Mon seul souvenir. Il a trouvé ça sommaire.

— Commissaire Delmas, nous vous attendions.

Sous-entendu : depuis une heure et demie. Je crois que je deviens de plus en plus témoin et de moins en moins victime. Liliane est là aussi, à côté de Mme Coste, qui pour une fois ne passera pas en coup de vent. Deux autres flics traînent dans les salles en regardant la nouvelle expo. C'est moi qui étais censé l'accrocher. Jacques a dû se débrouiller seul au milieu de cette forêt de socles blancs.

Depuis ce matin, personne ne m'a tendu la main. Ils ont tous appréhendé ce moment, et tous se sont jurés d'éviter les gaffes. Seule Liliane a tenté une approche, bras tendus vers mon col.

— Tu veux enlever ton manteau ?

— Non.

— Tu vas avoir chaud.

— Et alors ?

— Tu vas avoir besoin d'être à l'aise pour faire des gestes, pour montrer comment ça s'est passé...

— Des gestes... ?

On ne m'a pas demandé de faire l'acteur. Delmas m'a posé les mêmes questions qu'à l'hôpital, mais en mouvement, cette fois. Ici, non là, un peu plus vers la gauche, et l'imper, il l'avait sous le bras et pas sur lui, et les empreintes ? Vous en trouverez sur la moquette, j'ai dit, avec la main en prime, pour faciliter le boulot. Où est-elle, d'ailleurs, cette main ?

La sculpture, en revanche, on sait ce qu'elle est devenue, elle est rangée au dépôt, là où s'entassent les milliers d'œuvres qui attendent d'être choisies par un musée de province ou une mairie. Celle-là ira sûrement garnir le parc d'une piscine municipale, quelque part en France. La revoir là, droite et menaçante, m'aurait sans doute gêné. Je n'aurais pas pu m'empêcher de scruter la branche qui m'a amputé. J'aurais vraiment préféré la R 16. Mais le pire, c'est que ces bagnoles-là on les compresse et ça fait des œuvres d'art, aussi. Sans parler des artistes extrémistes qui s'amputent eux-mêmes, dans des galeries d'avant-garde, au milieu de quelques privilégiés. Le Body-Art, je crois que ça s'appelle. J'avoue que je m'y perds un peu, au milieu de toutes ces formes d'expression...

Les traces ont été nettoyées, des carrés de moquette neufs jurent un peu avec les vieux, le mur droit du couloir est repeint par endroits.

Après une bonne heure de mascarade et de détails pinailleurs, le flic s'est adressé à moi, mais j'ai bien cru qu'il cherchait plutôt l'oreille de la big boss.

— Nous avons son signalement. Si c'est vraiment quelqu'un du milieu de l'art, qui plus est l'Art contemporain, il nous reste des chances. Mais à mon avis c'était une commande pour un collectionneur. Quelqu'un voulait la dernière toile de Morand, on la lui a procurée, c'est tout. Si l'œuvre avait été d'une grande valeur marchande on aurait pu partir sur d'autres suppositions. Mais là... Morand... qui le connaît ? Quelle est sa cote ? Je vais demander à nos experts de se renseigner sur les demandes, les collections éventuelles autour de l'artiste, mais je ne pense pas que ça intéresse beaucoup d'acheteurs.

Il regarde distraitement vers Coste et lui demande ce qu'elle en pense. Et après tout, il a raison. Car moi, la cote de Morand, je m'en fous autant que l'avenir de l'art.

— La plus grosse partie de son œuvre nous vient des Etats-Unis. J'ai choisi de faire cette rétrospective parce que je trouvais intéressant de montrer l'œuvre d'un émigrant, comme n'importe quel émigrant qui cherche du travail dans un pays autre, ce en quoi Morand a tout de suite saisi, je veux dire dès 64, que la plupart des évolutions naîtraient aux Etats-Unis. J'ai choisi les œuvres dans son dernier atelier de Paray-le-Monial que j'avais visité de son vivant, un an après son retour.

Je m'ennuie. Je veux rentrer chez moi. Mes yeux s'arrêtent sur un des socles où est posée une espèce de chose particulièrement laide.

— Quand, à son décès, il a fait don de son travail à l'Etat, j'ai pensé qu'il fallait le montrer, c'est tout. Dans son fond d'atelier j'ai pris ce qui correspondait le plus à la ligne générale de son travail, les toiles noires, puis trois sculptures qui pour moi sont un peu le pendant de son œuvre graphique mais qui s'éloignent radicalement de l'influence américaine.

Je détaille un à un tous les éléments qui composent cette œuvre d'une terrible prétention. Coste continue son laïus, sérieuse comme une papesse. Elle aimait vraiment l'expo Morand, mais je me demande sur quels critères elle a choisi la nouvelle.

— Et puis, cette toile, unique, intitulée *Essai 30*... Pour moi c'était une énigme : la toute dernière recherche, un travail où l'objet a sa place, un travail de dénégation, je pense. Je l'ai choisie pour ça, pour ce point d'interrogation que Morand laissait. Un amateur d'art, et un amateur d'art très renseigné, aurait pu être intéressé par la décennie 65/75, c'est là où Morand a fourni un condensé de ce qu'on trouvera plus tard. Mais là... avec cette toile... heu... iconoclaste, disons... j'avoue ne pas comprendre.

Delmas prend des notes. La boss sait parler en public. Une fois elle a même fait un cours sur la nouvelle figuration à un ministre qui ponctuait avec des « oui oui » de temps en temps. Nous, avec Jacques, on avait martelé plus fort que d'habitude.

Tout le monde se met à bouger, Liliane, la boss, les flics récupèrent leurs dossiers et leur manteau, je sens un mouvement flou vers la sortie, personne ne m'adresse plus la parole, à part le commissaire qui tient à être prévenu si un détail éventuel revenait à la surface. A l'hôpital il m'a dit qu'en ce moment il avait beaucoup d'ennuis avec les Post-Impressionnistes. Je n'ai pas su pourquoi mais, bêtement, j'ai fait l'inté-ressé.

Voilà.

Fin de la reconstitution.

Seul, surpris de ce silence, j'ai fait quelques pas dans les salles pour retrouver mes esprits et pour commencer à me faire à l'idée que mon misérable cas n'intéresse plus personne. Dans un coin j'ai vu une sorte de construction à base de gouttières emboîtées les unes dans les autres. Des masques vénitiens sont accrochés sur les tubes et pendent un peu partout. Un cartel posé à la base précise : SANS TITRE. 1983. Plastique et plâtre.

Une seconde j'ai failli hurler à cette imbrication de bêtise. Pendant ce court instant j'ai pu sonder toute l'absurdité de ce qui m'est arrivé, à quelques mètres de là.

En regardant vers le parc, je me suis souvenu de cet amas de feuilles mortes et rousses qui le recouvrait l'été dernier. Un artiste avait trouvé intéressant de créer une petite ambiance automnale en plein mois de juin. Aucun visiteur ne s'en était aperçu. Hormis le jardinier qui s'est éloigné un peu plus, lui aussi, de l'art contemporain.

Le mot « vol » semble satisfaire tout le monde. Un instant j'ai eu envie de leur dire que tout ça me semblait trop simple. Cette toile n'avait pratiquement aucune valeur, et si on l'a volée c'est qu'elle montrait autre chose. C'est Coste qui l'a dit, et ça crève les yeux. C'est le boulot d'un spécialiste de lire ce qu'il y a dans une toile, d'en déceler le mystère. C'est à cause de ça que j'ai perdu une main. Si on ne retrouve pas mon agresseur je mourrai sans savoir ce qu'elle cherchait à dire, cette toile.

En descendant les marches je m'aperçois que j'ai transpiré. Je dois me résoudre à ôter mon manteau plus souvent si je ne veux pas attraper tous les chauds et froids. Malgré mon orgueil.

— J'ai à vous parler, Antoine. On peut se voir dans mon bureau... ?

Je suis au seuil du portail et Coste hausse la voix. C'est la seconde fois qu'elle m'appelle par mon prénom. La première c'était en me remerciant d'avoir bricolé le transfo d'un caisson mobile qui refusait de s'éclairer. Je n'ai pas envie de la suivre dans les étages et me refaire une suée. J'ai besoin de sortir et le lui fait comprendre par un hochement de tête un peu disgracieux.

— J'aurais préféré vous recevoir dans mon bureau mais je comprends que vous soyez fatigué de toutes ces questions pénibles... Voilà, heu... N'y allons pas par quatre chemins, vous n'accrocherez plus...

Je réponds non. Sans savoir si c'est vraiment une question.

— Je vais trouver un remplaçant pour aider Jacques. Mais je ne veux pas vous laisser en plan.

Elle laisse des blancs entre les phrases, et je ne vois rien, mais vraiment rien pour les combler.

— Vous ne pourrez plus garder votre job d'été au dépôt, je suppose. Vous avez d'autres sources de revenus ?

· — La sécu m'a pensionné.

— Je sais bien mais... Vous n'allez pas rester comme ça... Sans travail... J'ai pensé que... Enfin, voilà, je vais avoir besoin de Liliane pour le secrétariat, et je me proposais de vous embaucher comme gardien.

— Comme quoi ?

— Comme gardien, à plein temps.

Elle ne cache pas une légère excitation en terminant son annonce. Léger flottement. Je ne dis rien. Je m'en fous. J'attends. J'ai froid.

— Merci.

Je ne sais pas quoi dire d'autre. Elle ne comprend pas. En passant sous le porche je m'essuie le front et quitte l'enceinte de la galerie.

Pas le temps.

Un peu plus loin, en tournant le coin de la rue, je sors le catalogue que j'ai pris soin de glisser dans une poche de mon manteau. Je le pose à terre et le feuillette pour y trouver la bonne page.

Essai 30

Je la prends entre mes lèvres, la déchire d'un coup sec et la fourre dans ma poche. Le reste, au bord du caniveau, intriguera bien un clodo. On trouve toutes sortes de clodos, même des amateurs d'art, même des peintres incompris.

*

Gardien de musée, à vie... Comme si ma vie avait été là, ne serait-ce qu'une seule seconde. Ça partait d'une bonne intention, pourtant. Mme Coste s'est dit que garder un musée, c'est l'un des seuls boulots au monde où l'on n'a pas besoin de ses mains. C'est tout. A une époque il y avait même des éclopés au Louvre, la manche bleue repliée par une grosse épingle à nourrice. C'est pas nouveau. Ça entre dans le cadre des 5 % d'invalides obligatoires.

Mais ce n'est pas important. L'important c'est ce que j'ai sous les yeux, épinglé là, devant mon lit. Sur le chemin du retour je me suis arrêté dans une boîte de photocopie, boulevard Beaumarchais, pour un agrandissement couleur. Ils m'ont tiré l'*Essai 30* en 21/27. Le jaune bave un peu mais ça ira.

Le téléphone sonne, tout près du lit, et j'ai encore le réflexe de tendre le bras du côté de la fenêtre.

— Allô… ?

— Monsieur Andrieux, bonjour, c'est le docteur Briançon. Ne raccrochez pas. Est-ce que je peux venir vous voir, ce serait plus simple.

C'est son coup de fil hebdomadaire depuis ma sortie de Boucicaut. Il veut me retenir une place dans un centre de réadaptation.

— Ecoutez, je vous remercie d'insister comme ça, mais je ne comprends pas pourquoi. Ce que vous appelez de la rééducation, pour moi, c'est… c'est…

— Il ne faut surtout pas avoir peur de ça, au contraire. Il suffit de…

— Je ne veux pas apprendre à devenir manchot. Je ne retrouverai pas ce que j'ai perdu. Vous ne pourriez pas comprendre.

— Ecoutez, ce que vous ressentez est tout à fait normal, vous allez traverser un désert, un désert de rancœur, c'est évident, mais vous en sortirez.

Un quoi ? Quand les toubibs font dans le lyrisme… Pourquoi pas une montagne d'amertume ou une mer de douleur ? Docteur Briançon et sa métaphore qui tue... Vaut mieux entendre ça qu'être manchot. Si je le laisse poursuivre je vais avoir droit à du catéchisme médical, comme à l'hôpital.

En raccrochant je fais chuter les deux gros bouquins qui tenaient sur le bord de la table. L'un d'eux, le plus cher, a quelques pages cornées. 360 francs pour un gros pavé sur les 30 dernières années de l'Art contemporain en France. Il est bien gentil, le docteur, mais je n'ai rien à foutre de ses séances. Je débranche la prise du téléphone. Il va s'épuiser, à la longue. Personne ne pousse l'apostolat trop loin. Qu'est-ce que j'irais faire à Valenton, dans le Val-de-Marne, avec des éclopés partout ?

Morand n'est cité que comme un « *exilé de la crise artistique française des années 60* ». C'est moins clair que ce que disait Coste, mais ça exprime la même idée. On ne lui consacre qu'une dizaine de lignes en tout et pour tout. Dans l'autre bouquin, moitié moins, à part une note bibliographique qui renvoie à une étude américaine où, apparemment on en dirait plus long. J'ai trouvé aussi la reproduction d'une toile noire de 74 qui était exposée à la galerie. Je suis obligé de lire sur le ventre, vu le poids des volumes, et ça fait mal aux reins. Mes lombaires ne vont pas s'arranger. Le catalogue de la rétrospective est en fait le seul ouvrage relativement complet sur

Morand, c'est-à-dire une préface quasi incompréhensible de Coste sur « l'espace mental d'un artiste en transit » et une biographie qui commence à exister à New York et meurt en deux lignes à Paray-le-Monial. Rien que je ne sache déjà.

Et quand bien même.

J'ai au fin fond de la conscience une ou deux certitudes qui se façonnent de mieux en mieux, qui gagnent du terrain, lentement, et je les laisse croître à leur rythme. Et cela fait déjà un mois qu'elles mûrissent. Bientôt je pourrai me les formuler à haute voix. Ça pourrait rentrer dans le cadre de ce que le flic appelle « les détails qui reviennent à la surface ». Oui, on pourrait l'énoncer comme ça. Mais s'il savait vraiment ce qui me remonte à la surface, je pense que ça lui créerait de nouveaux soucis.

La toile volée, d'abord. Elle et moi, nous nous sommes déjà croisés. Peut-être pas exactement celle-là mais quelque chose de fidèle, né du même esprit ou du même système. Une copie ? Une reproduction grandeur nature ? Je ne sais pas encore, pour l'instant ce n'est qu'un fantôme, une présence qui prend tous les jours un peu plus de matière. Un mouvement, une couleur, ce jaune uniforme, clair. Et puis, cet objet, la flèche d'une église, peinte avec précision à la pointe et dont la base est barrée de grands coups de pinceau. Elle ne fait qu'émerger d'une couche jaune, on a l'impression qu'elle pousse encore, et avec peine. Autour, encore du jaune, mais plus agressif, un magma, l'imminence d'un bang, quelque chose va jaillir, peut-être que c'est déjà fait, peut-être que c'est la flèche elle-même. Et j'ai déjà vu cette irruption quelque part. J'en suis sûr et pourtant je n'y connais rien. La toile est déjà problématique pour une spécialiste comme Coste, et en toute logique elle devrait totalement échapper à un béotien comme moi. Je n'ai jamais visité d'autres galeries, pas même Beaubourg, je connais à peine le Louvre, et la peinture en général ne m'a jamais inspiré qu'une sombre méfiance. Je n'étais pas disponible. En arrivant à Paris je n'ai pas eu envie de me goinfrer de patrimoine. Mon grand-oncle, à Biarritz, m'avait donné l'adresse de l'académie de l'Etoile, et j'y suis allé direct. Parfois, pendant les accrochages, je me suis inquiété de ce non-investissement, de ce manque d'émotion, ce truc dont les catalogues parlent avec sentence. Je me suis cru stérile et loin de toutes ces recherches plastiques, de cet art, avec un grand A, parce qu'on dit artiste pour dire simplement peintre et œuvre pour dire toile. J'ai toujours refusé de dire « œuvre », je trouvais ça indécent, exagéré, alors j'ai dit « pièce », plus technique, plus neutre. Mon art à moi, je le sentais bouillir dans les tripes, une quête de la beauté dans trois boules qui s'effleurent, rien qui n'ait besoin de regard ou de discours, et aucun Coste au monde n'aurait pu comprendre ça. Les gens qui aiment la peinture parlent beaucoup et je ne suis pas bavard. Oui, j'ai eu d'autres désirs en tête, mais sans les questions, sans recherche névrotique du sens.

Aujourd'hui je me retrouve amputé de tout, et c'est maintenant que les questions apparaissent.

Car rien ne va se terminer comme ça. Je ne fais que commencer. Seul. Sans les experts et les commissaires. L'urgence, pour moi, c'est de comprendre, même sans le moindre espoir de rétablir, un jour, l'ordre des choses. Personne ne peut soupçonner le préjudice que j'ai subi, et tout ça à cause d'une toile jaune qui en dit plus qu'on ne le pense. Mes quarante années de promesses ont été réduites à néant dans une éclaboussure de jaune citron.

Cette toile, je l'ai vue. Et, à bien y réfléchir, mon inculture crasse dans ce domaine ne peut être qu'un atout. Il n'y a pas mille endroits dans Paris où j'ai pu la voir. Ce n'est sûrement pas dans un bouquin, celui qui est sous mes yeux est bien le premier que j'ouvre. Toute toile ou sculpture n'a pu apparaître que dans le cadre de mon boulot, et depuis quelques jours je pense au dépôt. Le réservoir de l'art. J'y ai passé les deux derniers mois de juillet à faire le ménage et inventorier des vieux machins dont personne ne veut et qui n'ont plus aucune chance d'être exposés un jour. Là-bas, j'en ai manipulé des centaines, couverts de poussière. Tout à l'heure j'irai y faire un tour, à tout hasard. Sinon je trouverai bien ailleurs, ça prendra plus longtemps mais je finirai par savoir où j'ai vu cette toile.

Vers midi je suis sorti pour acheter une machine à écrire. Au début j'ai pensé la louer mais j'ai très vite réalisé que cet objet ferait désormais partie de ma vie. Ce n'est pas cette saloperie de main gauche qui va m'aider à faire une lettre. Alors j'ai payé comptant. La vendeuse m'a posé des questions pour tenter de définir quel outil était le mieux adapté à mes besoins et, après quelques secondes de flottement, en voyant le moignon que je laissais en évidence sur le bord du comptoir, elle a dit qu'elle était nouvelle et que sa chef saurait mieux me satisfaire. En effet, la chef était meilleure, et elle m'a vendu un truc électronique, tout simple, avec un retour automatique et une touche qui corrige le dernier caractère. J'ai commencé à me familiariser avec la machine. J'ai même cru pouvoir l'utiliser tout de suite.

La lettre aux parents.

J'avais déjà mis au point quelques formules. Mais le plus dur c'est d'enclencher le papier. Et je rate souvent. Pour l'instant j'en suis à l'en-tête, « Chers vous deux », un peu de travers, mais c'est mon meilleur résultat jusqu'à présent. Tant pis, ce sera une lettre pas nette, un peu froissée, avec des fautes de frappe impossibles à corriger. Le plus dur reste à faire. Toutes mes formules ne disent rien, je ne sais pas comment appeler un chat un chat. Ils sont fragiles, mes parents. Ils m'ont eu tard.

J'ai appelé Jean-Yves, de nouveau. Il ne m'a rien dit de plus que la dernière fois. Je lui ai demandé de faire un effort, de se souvenir de ce qu'il avait dit sur la texture de la peinture. « Juste une impression, vieux, désolé... » Il m'a conseillé de laisser tomber, j'ai demandé quoi, il n'a pas su répondre.

J'ai un peu mieux réglé le problème des vêtements en retrouvant un sac de vieilles fringues, et notamment deux sweat-shirts qui s'enfilent une bonne fois pour toutes. Une vieille veste en laine peignée qu'un type énorme avait oubliée à l'académie. Trois tailles de trop, je la passe en un clin d'œil. D'ici demain j'aurai une paire de bottines et un pantalon à fermeture Eclair. J'ai juste l'air un peu plus débraillé que d'habitude. Il faudrait que je fasse réparer la porte d'entrée, jusqu'à maintenant je la fermais en la maintenant bloquée, mais avec les beaux jours qui reviennent le bois va gonfler, comme l'été dernier. Heureusement que je suis patient.

*

La première fois que je suis entré au dépôt remonte à deux ans. Avant d'y pénétrer je m'en faisais une image parfaitement sacrée, une sorte de sanctuaire. Je pensais qu'il fallait mettre des gants blancs pour approcher religieusement la collection d'œuvres contemporaines que l'Etat se monte depuis un bon siècle. Des experts en Arts plastiques, des critiques, des conseillers se réunissent régulièrement depuis 1870 pour acquérir ce qui va constituer le patrimoine français d'Art contemporain. 60 000 œuvres, pour l'instant. En fait les trois quarts des pièces, et les meilleures, sont distribuées aux organismes nationaux, les mairies, offices publics, ambassades, etc. Chacun se sert depuis cent ans et qu'est-ce qui reste ?

5 000 machins dont personne ne veut, pas même le moindre maire du plus petit hameau, de

peur d'effrayer ses trois électeurs. 5 000 petits morceaux d'art abandonnés, mal aimés et pas fiers. Des toiles, des sculptures, des gravures, des dessins roulés, des objets « arts-déco », et quantité de trucs mystérieux et inclassables. Toiles et sculptures sont entreposées dans des salles différentes, mais c'est parmi les secondes que j'adorais me perdre. Le mélange des époques et des styles en fait une jungle poussiéreuse et baroque. Les premiers jours j'ai tourné des heures durant dans les allées hautes de plusieurs mètres et dans les rayonnages métalliques regorgeant de statuettes, je me suis promené dans l'amalgame des formes et des couleurs. La statue en bronze patiné, grandeur nature, d'un zouave qui fait face à une main géante aux doigts en résine rouge, pas loin d'un grille-pain incrusté de cailloux. Des dizaines de bustes et de visages figés qui regardent dans tous les coins, impossible de leur échapper. Des cartons empilés d'où émergent des fils électriques, des serpents de cuivre, des pieuvres aux alvéoles bleus, des châssis vides. Une moto, dans un coin, montée sur trépied, conduite par une femme en bois vernis. Une table où sont agencés couverts et assiettes, comme si les dîneurs venaient juste de fuir. Des êtres hybrides, mi-homme mi-machine, sous des linges bariolés. Un hussard qui s'ennuie, assis en face d'une chose verte.

Elles sont 5 000. Incompréhensibles. Attachantes. C'est au beau milieu de cette cruelle abondance, ce cagibi de l'histoire de l'art, que j'ai commencé à réaliser deux ou trois petites choses sur le sublime et le dérisoire. Ce qui reste et ce qu'on préfère oublier. Ce qui résiste aux années et ce qui tombe en désuétude en moins d'une décennie.

Les vivants ne sont pas plus de deux. Véro et Nicolas, perdus dans une grande salle aménagée en bureau, au seuil des hangars. Depuis des années, Véro passe le plus clair de son temps à répertorier ce qui est dedans, et surtout « dehors », comme elle dit, les 55 000 œuvres dispersées un peu partout sur la planète. En théorie tout devrait être inventorié sur les registres, mais chaque fois qu'elle en ouvre un datant d'avant 1914, il tombe en poussière. Le Ministère a créé un service informatique pour tout rentrer sur ordinateur mais en attendant, il faut bien passer par les archives, et comme dit Véro : « y'a des manques ». Pour l'instant, l'ordinateur, c'est Nicolas. En dix ans de boulot il est devenu la mémoire du dépôt. Son âme. Il peut reconnaître une estampe à plus de dix pas et dire où se trouve le buste de Victor Hugo acheté en 1934, en général planqué entre un bronze du XIXe et une toile cinétique de 55. Ce que j'ai tout de suite aimé chez lui c'est le mélange subtil de respect pour le matériau et d'irrespect total pour l'œuvre.

Véro, de dos, se sert un café.

— Où est le Matisse acheté en 53 ? je lance.

Elle sursaute, me voit et soupire un grand coup.

— A l'ambassade d'Alger... Tu m'as foutu la trouille !

Elle sourit puis arrête de sourire puis recommence, autrement.

— Ça va, Antoine ?

— Ouais.

— On a su pour ce qui s'est passé à ta galerie et... Tu veux un café ?

— Non, merci. Nicolas est là ?

— Oui, il fait visiter les salles à un type, un préfet, ou un truc comme ça... Il veut décorer le hall de sa préfecture. Il a demandé un Dufy, t'imagines ? Un Dufy ! Ici ! Il va repartir avec un chou-fleur à la gouache, je sens ça d'ici.

Il y a un bon stock de choux-fleurs à la gouache, comme elle dit. C'était le contemporain des années vingt. Impossible de les fourguer, même au plus kitsch des adjoints.

Je m'assois comme une masse dans le fauteuil près de son bureau jonché de paperasses.

— Vous avez reçu des trucs bien, récemment ?

— Bah... Ils ont acheté des gravures assez marrantes et une série de sept bidons en acier remplis de deux cents litres d'eau chacun, tirés des sept mers. Et c'est vrai.

— C'est Nicolas qui a dû paniquer... Vous savez où les mettre ?

— On a pas la place, tu connais le cagibi comme moi. Parle-moi de toi, plutôt... Tu vas continuer à bosser à la galerie ?

— On verra... Et toi ? L'inventaire, ça avance ?

— Ça fait des années que je réclame une stagiaire. A part Nico et moi personne s'y

65

retrouve, ici. On est comme qui dirait indispensables, dans cet océan de bordel.

Nicolas arrive en grognant.

— Font chier... Il m'a demandé si j'avais pas un Braque... Non mais quoi encore... ?

Il me voit et continue de grogner.

— Ah t'es là, toi !

Avec les années, Véro et lui commencent furieusement à se ressembler. Ils s'adorent. Ils s'engueulent. Ils ne se font pas la moindre bise, ni le matin ni le soir. Ils s'adorent.

— Il est parti avec quoi, le Préfet ?

— Que dalle... Si, un rhume. Et toi, tu veux quoi, l'ami ?

— Je voulais faire un petit tour dans les réserves. Tu viens me faire la visite ?

Sans comprendre il me suit dans le hangar des sculptures.

— En fait j'aurais besoin d'un renseignement. Enfin... ce serait plutôt une bouteille jetée dans cet océan de bordel. Et je préfère t'en parler seul à seul.

J'ai confiance en Véro mais je préfère ne pas la mêler à tout ça. Un peu inquiet, il me regarde tourner autour d'une Vénus de Milo en polystyrène.

— Vas-y, explique... J'aime pas les mystères.

— Est-ce que vous avez déjà eu dans le dépôt des trucs de Morand, enfin, à part ceux de la rétrospective.

— Comprends pas.

— Le Ministère n'a jamais rien acheté de Morand, avant la donation ?

66

— Rien. Moi j'ai entendu parler de ce mec au moment de sa rétrospective, c'est tout.

C'est ce que j'attendais. S'il y avait autre chose de Morand, Coste en aurait parlé tout de suite.

Je sors ma page de catalogue.

— Parce que voilà, je me demandais si vous n'aviez pas ici un truc qui ressemblerait à ça. Je sais que ça peut paraître bizarre mais j'ai l'impression qu'une toile du même genre traîne ici. Y'a tellement de fatras qu'on ne sait jamais.

Dans le fatras, il y a, par exemple, une dangereuse sculpture où il ne fait pas bon laisser un bout de soi-même.

— On a jamais rien eu de lui avant.

— Je ne sais pas si c'est vraiment une autre toile de Morand que je cherche. J'ai juste fait un rapprochement avec la toile qui a été volée. C'est juste un rapport visuel, peut-être la couleur, ou un mouvement.

— Un mouvement ?

— Oui.

— Tu te fous de ma gueule ? Un mouvement ? Avec le tas que j'ai ici ? C'est comme si t'allais aux puces de Saint-Ouen pour demander si par hasard ils auraient pas vu une craquelure.

Je sais, c'est un peu ça. Je réattaque par le biais.

— Oui mais toi, c'est pas pareil, tu pourrais même dater une toile par ses strates de poussière, tu pourrais définir le taux de jaunissement d'une litho, t'es le seul à pouvoir faire la différence entre une sculpture de Caillavet et une stalagmite.

Il sourit malgré lui.

— Ouais, ouais, et toi t'es le seul à pouvoir dire autant de conneries. Je vais réfléchir à ton truc. T'es toujours au même numéro ?

— Oui. Et puis, je voulais vous dire aussi… Ces histoires, ça me regarde… Je veux dire par là… c'est personnel… et moins on est au courant, mieux c'est.

— Te fatigues pas. Tu veux pas que j'en parle, c'est ça ? Même pas à Véro ? Mais mon pauvre garçon, qui tu veux que ça intéresse, ta merde jaune… ?

*

L'*Essai 30* et sa flèche qui pousse. J'ai l'impression de vivre cet effort avec elle. En la déballant, je l'ai regardée plus précisément que les autres, les désespérément noires, et puis, je suis passé à la suivante, sans prendre le temps, et l'ensemble n'a fait que grossir le stock poussiéreux et anonyme de ma mémoire. Le dépôt qu'il y a dans ma tête. Ma collection inutile. Je ne m'étais douté de rien, mais maintenant je sais que la flèche est en train de naître, il suffisait de s'y attarder. Et ça crée une sensation bizarre de penser qu'elle n'en finit pas de percer depuis le premier jour où Morand l'a conçue de quelques jets de pinceau. Combien de temps de travail pour suggérer cette pression ? Moi je dirais très peu. Un crachat. Mais je me trompe peut-être, aux yeux d'un spécialiste qui sait jauger le travail véritable on saurait que ça a pris des semaines entières. En même temps, par-delà toutes ces questions, je refuse de penser que je suis passé à côté de plein de choses, à la galerie, que j'ai gaspillé des heures entières à mettre en valeur des pièces sans me douter qu'elles en avaient déjà une, intrinsèque et pertinente.

J'ai préféré me concentrer sur ce qui allait être ma vraie vie, celle d'après dix-huit heures. Là je maîtrisais tout, les heures de travail et les cent façons de faire le point. En général il n'y en a que deux ou trois, pour mille façons de le rater. Et entre ces deux-là il y a souvent le choix entre beauté et technique, et l'on choisit selon l'humeur, le score, ou la présence d'un public. Et j'aimais bien les hourras et les bravos.

La lettre aux parents.

Comment dire qu'on a une main en moins à ceux qui vous en ont donné deux. Je n'imagine même pas le regard de ma mère sur ces lignes. Elle s'est sentie rassurée quand je lui ai annoncé que j'avais trouvé une place fixe, à la galerie ; elle n'aimait pas me voir partir avec son frère aîné pour aller traîner dans un café où l'on jouait au billard. Mon père s'en foutait, toujours plongé dans les grands textes de la langue, toute sa carrière durant il a cherché à transmettre son amour du langage à des étudiants plus ou moins passionnés.

Cette lettre, j'aimerais l'écrire en évitant les mots compliqués. En évitant les mots, tout court. Dire sans écrire. Le mot « amputé » m'apparaît comme un coup de poignard. Invalide, manchot, sectionné net, et bien d'autres me sont interdits. En fait, cette lettre, il me faudrait la peindre, si j'en avais le talent et les outils. Il n'y a guère que la peinture pour signifier les choses qu'on ne peut pas exprimer par le verbe. Un simple dessin pourrait m'épargner toute une romance qui finirait à coup sûr par s'écouter mentir.

Il me faudrait faire un tableau sans concessions, sans espoir, avec des couleurs crues, qui montre la détérioration de tout ce qui m'entoure désormais. Le manque de perspective. Rien d'optimiste ni de bucolique. La violence intérieure. L'expressionnisme.

« Chers vous deux »
Je ne jouerai plus au billard désormais, et, maman, ça devrait te faire plaisir, parce que tu as toujours dit qu'on ne pouvait pas gagner sa vie dans les arrière-salles de cafés. J'ai envie de vous hurler ma main. Tu te méfiais de Paris, papa, tu me disais que c'était la ville du trouble. Cet après-midi je suis allé dans un magasin près de la Bastille pour acheter un hachoir. Un vrai hachoir de boucher, j'ai pris le plus gros qui puisse tenir dans une poche. Pour l'instant, personne ne sait que j'ai cet objet en ma possession. En espérant que ma main débile ne me trahira pas, le jour où je m'en servirai, bien à vous...

On toque à la porte. Je sors le nez de ma machine et laisse passer un moment avant d'ouvrir.

70

Le poing brandi, il s'apprêtait à frapper de nouveau. J'aurais dû me douter que le docteur Briançon viendrait un jour ou l'autre constater de visu l'étendue de mon désarroi.

— Heu… Bonsoir. Vous me laissez entrer ?

Il a eu mon adresse dans le dossier de Boucicaut.

— Si vous voulez.

Il jette un œil circulaire sur ma cagna. Un œil de psychologue ? Un œil de badaud ? Je ne sais pas.

— Vous voulez vous asseoir ?

Je lui tends une chaise vers le coin cuisine.

— Je n'ai rien à vous offrir. Ou si, un verre de vin, ou du café.

Il hésite un peu.

— Du café, mais je peux le faire, si vous n'avez pas envie…

— Non, ça va, mais moi je veux du vin. On échange, je fais le café et vous débouchez la bouteille.

Il sourit. Comme si j'avais cherché à faire preuve de bonne volonté. Il fait fausse route. Pourquoi moi ? Il y a sûrement plein de types bien plus défavorisés ou plus fragiles que moi. Des soutiens de famille, des enfants, des hémiplégiques, des paraplégiques, des traumatisés en tout genre. Pourquoi moi ? C'est pour me parler de Valenton ?

— J'aime bien votre quartier. Quand je suis arrivé à Paris j'ai cherché un truc dans le coin, mais le Marais c'est hors de prix.

Je ne réponds rien. Il a beau être celui qui sait

écouter les réponses, c'est tout de même lui le demandeur. Et je ne vais surtout pas ouvrir le débat à sa place. Je verse délicatement le café dans le filtre et appuie sur le bouton, comme un vrai petit gaucher.

— Vous avez joué au billard ?

Hein ?

Je tourne la tête d'un coup brusque.

Il montre la queue posée à terre contre le lit.

— Elle est à vous ? Je n'y connais rien mais elle est superbe. C'est de l'érable ?

Il l'a trouvée, son ouverture. Avant de répondre je respire un grand coup.

— Erable et acajou.

— Ça doit coûter cher, non ?

Je ne comprends pas sa méthode. Un mélange de curiosité sincère et de provocation. C'est bizarre, dès que je cesse d'être agressif c'est lui qui le devient.

— Assez, oui. Mais c'est ce qui fait le charme de beaucoup d'œuvres d'art. Beau et cher.

— Et inutile.

En une fraction de seconde je me suis vu saisir la bouteille et la fracasser sur son front. Et lui vient juste de la happer pour y piquer le tire-bouchon.

— Tout compte fait je regrette, dit-il en regardant l'étiquette. Si j'avais su que vous aviez du Margaux...

J'éteins la machine à café et sors un autre verre. Il verse.

— Vous avez raison. Quitte à boire, autant prendre ce qu'il y a de meilleur.

— Dites donc, docteur, vous réagissez comme un type qui traverserait un désert de rancœur. On abrège ?

Silence.

— Bon, vous avez raison, on ne va pas tourner autour pendant des heures, mon boulot c'est la réadaptation des handicapés psychomoteurs, et dans votre cas il y a mille choses à faire au lieu de vous laisser enfermer dans une coquille. Des choses simples mais qui demandent du travail. Si vous fournissez l'effort nécessaire, tout vous sera ouvert, vous pourrez revivre normalement, vous deviendrez gaucher.

Silence. Je le laisse terminer. Plus vite il sera dehors.

— Il existe des phénomènes de compensation chez tous les handicapés, et votre travail doit se porter sur la main gauche afin de retrouver une totale habileté. Inconsciemment nous avons tous le même schéma corporel, ce qui explique que dans les rêves vous vous verrez entier pendant encore quelques années et...

— Foutez le camp.

— Non, laissez-moi parler, vous ne devez pas laisser échapper cette occasion, plus vous tarderez, plus...

— Pourquoi moi ? Mais dites-le, bordel !

J'ai élevé la voix. Il le voulait sans doute.

— Parce qu'il y a quelque chose chez vous qui m'intrigue.

— Ah oui...

— Je sens un traumatisme plus fort que chez

tous les autres sujets. Quelque chose de... de violent.

— Quoi donc ?

— Je ne sais pas encore.

Après une seconde de surprise, j'éclate de rire. Un rire qui s'étrangle dans ma gorge.

— Rien que votre accident, par exemple... Perdre sa main sous une sculpture...

— Un accident de travail comme un autre, je dis.

— Oh non, et vous le savez mieux que moi. C'est le premier cas jamais répertorié à Boucicaut. Et puis, votre séjour à l'hôpital, vos réactions inattendues, comme le jour où l'on vous a enlevé les points de suture. Vous aviez déjà changé de visage, mais ce qui m'a surpris c'est votre tranquillité, votre sérénité, presque. On aurait dit que rien ne s'était passé, pas de douleur, pas de râle pendant qu'on vous extirpait les agrafes, pas de rejet en voyant ce qu'allait être votre moignon, pas de question sur l'avenir, pas de désarroi, pas de rébellion. Rien, un regard effacé, un masque, une étrange docilité à tout ce qu'on vous demandait. Sauf la rééducation. Vous allez trouver ça étrange mais vous réagissiez plutôt comme un grand brûlé... Une recherche d'immobilité, je ne sais pas comment vous dire...

Ne rien répondre. Ne pas l'aider.

— Je suis sûr d'au moins une chose : vous ressentez beaucoup plus durement la perte de votre main que n'importe quel individu que j'ai soigné. Et je veux savoir pourquoi. En fait, c'est pour ça que je suis venu voir l'endroit où vous vivez.

Il se lève, comme s'il avait senti la pulsion de haine qui monte en moi.

— Méfiez-vous, Antoine. Vous vous trouvez à la frontière de deux univers... comment dire... D'un côté l'occupation et de l'autre, la zone libre. Et pour l'instant vous hésitez...

C'est bien ce que je pensais, un poète qui s'ignore... Ça semble être le point final. Que pourrait-il bien ajouter à tout ça ?

— C'est fini ?

Il acquiesce, comme pour calmer le jeu. En s'approchant de la porte, j'ai bien vu qu'il a détaillé ma piaule une dernière fois. Comme un con, je me suis aperçu que j'avais laissé traîner le hachoir flambant neuf, bien en évidence, posé sur son papier d'emballage. Il ne l'a pas manqué, c'est sûr, rien qu'à voir la manière dont il m'a dit au revoir, de ses yeux, traînants dans les miens.

Tant pis.

La barbe commence à me piquer. Je ne dois pas passer le cap des trois jours sans rasage, sinon... Avant d'aller dormir je me regarde dans la glace, avec ma tenue de clown et ma gueule en friche. Je me suis vu comme un de ces petits êtres idiots, posant toujours de face, et terriblement présents, qui peuplent les toiles d'un jeune artiste dont le nom m'échappe toujours.

*

Ce matin, à demi réveillé, je me suis précipité sur ma queue de billard, pour la toucher, la visser, la voir. J'ai réalisé que je dormais encore et que la tête me tournait de m'être levé si vite. Le téléphone a sonné et, dans la brume du sommeil j'ai reconnu la voix de Nico sans comprendre grand-chose. Je me suis écroulé à nouveau sur le lit.

Deux heures plus tard, j'ai l'impression d'avoir rêvé tout ça.

Je n'ai même pas attendu la monnaie du taxi pour filer droit au bureau. Véro, toujours son café à la main, regarde Nico emballer des gravures sous verre.

— T'es un rapide, il dit.

— Toi aussi, je réponds.

Il m'entraîne dans les salles. Je me demande ce que Véro pense de notre manège.

— J'y ai passé la nuit, sur ta connerie jaune. Parce que moi aussi, quand tu me l'as montrée, j'ai... Suis-moi.

Des déclics comme celui-là, on lui en demande trois par semaine. Le plus souvent ça tombe pendant le casse-croûte ou la pause de quatre heures.

Dans la troisième salle, celle où sont stockées les toiles roulées, sans châssis, il s'agenouille à nouveau. J'ai bien senti qu'il a hésité, une seconde, à me demander de l'aide.

— Ça ne pouvait être qu'une roulée, les autres

je les connais. Et les roulées je mets jamais le nez dedans, ça me fait éternuer.

Certaines ont facilement plus d'un siècle, et chaque fois que j'en prenais une je toussais dans un nuage de poussière. Je comprends mieux pourquoi il attendait juillet pour me faire mettre un semblant d'ordre là-dedans.

— Je me suis repéré à la taille. Celle de Morand et celle d'ici font huit figures.

— Je ne sais pas compter en figures.

— 46 centimètres sur 38 de large.

Je la regarde, posée au sol. Et ma pointe de douleur au ventre me relance d'un seul coup.

— Alors ? Qu'est-ce que t'en dis ? Beau boulot, hein ?

Pirouette de la mémoire.

Hypnose...

Il attend, anxieux, ma réaction.

Du rouge clair. Traité exactement de la même manière que le jaune de l'*Essai 30*. J'arriverais même à retrouver le moment où je l'ai vu, ce rouge. C'était pendant mon premier séjour ici, au début je ne résistais pas à dérouler tout ce que je touchais, rien que pour me marrer devant toutes ces vieilleries. L'idée absurde de tomber sur un chef-d'œuvre oublié m'amusait. La caverne d'Ali Baba a tourné très vite au terrain vague. Je me souviens du rat qui avait surgi d'un rouleau.

— Ça ressemble, hein ?

Je ne peux pas en décoller les yeux. La peinture est un peu craquelée mais on y trouve exactement le même académisme dans le dessin de l'objet, ce n'est plus une flèche mais le chapiteau d'une colonne. Tout a changé, le motif et la couleur, et pourtant on retrouve le même système, la même extraction. Nico grogne un coup en voyant que je la chiffonne sans scrupule. Derrière la toile, une inscription. Presque sans surprise, je lis : « *Essai 8.* »

Tous les deux, hébétés, nous restons accroupis dans un halo poussiéreux.

— Et ça, t'as vu ? dit-il.

— Ben, oui, c'est le huitième de la série.

— Mais non, ça, en bas. Au dos.

En petits caractères, en bas à gauche de la toile, il y a une autre inscription qui nous avait échappé. A cet endroit-là, il pourrait s'agir de la signature.

— « Les Objec... »

— Là, c'est quoi ? C'est un T ?

— « Les Objec...tifs », non ? On dirait...

Je pense avoir déchiffré la signature complète. C'est ce qui est écrit, mais est-ce seulement la signature ?

— « Les Objectivistes. »

— Oui ! fait Nico. « Objec-ti-vistes. » Mais c'est quoi... ?

Avant toute chose il faut comprendre comment cette toile a atterri là. Je m'assois à terre, le dos contre le montant métallique d'un présentoir. Et je respire un grand coup.

— C'est un achat ? je demande.

— Bien sûr que oui, qu'est-ce que ça pourrait être d'autre ? 110 0225, y'a même le numéro d'inventaire, dit-il en lisant l'étiquette qui pend au bout d'un élastique.

78

Je ferme les yeux un moment. Le temps de me remettre, et de poser de nouvelles questions.

— Bon, Nico, tu pourrais me dire, en gros, ce qu'on peut tirer comme renseignement sur un truc qui traîne ici.

— Bah... ça dépend à quelle date il a été acheté. Dans ce cas précis je peux te dire tout de suite ce qu'il y a sur l'étiquette, Titre de l'œuvre : Essai 8, Nom de l'artiste : Les Objectivistes, Taille, Type, Date : 1964. Si je cherche dans les registres par rapport au numéro d'inventaire je pourrais peut-être donner d'autres détails.

Je n'ouvre toujours pas les yeux.

— T'es content, Antoine ?

Il est fier de sa trouvaille. Mais moi, en revanche, je ressens un truc étrange. Comme un point de départ.

Je peux encore reculer.

— Oui, je suis content... Je suis content.

J'éprouve le besoin de sortir, un moment, pour retrouver l'air libre, et surtout pour faire l'acquisition d'un polaroïd, histoire de garder avec moi la preuve que je ne fais pas complètement fausse route.

Une heure plus tard j'ai la photo dans la poche. Nico n'a pas l'air d'apprécier vraiment ce genre de précautions.

— Bon, très bien, maintenant on va pouvoir discuter sérieux. Véro et moi on est responsables du dépôt, on doit tout savoir et surtout on doit rendre compte de tout ce qui se passe ici. Et, à dire vrai... on veut pas d'emmerdes. C'est pas facile à dire mais, en gros, tu prends ta photo, tu prends les renseignements que tu veux aujourd'hui et basta, je roule la toile, je la remets où je l'ai prise, et je la boucle. Maintenant si qui que ce soit me demande de retrouver la pièce 110 0225, je la lui sors dans la minute. O.K. ? Je ne veux pas savoir ce qui se passe, pourquoi tu cherches tout ça et ce que tu comptes en faire. Je sais bien que... que t'as morflé, là-bas... Mais ça me regarde pas. Je veux pas inquiéter Véro. La prochaine fois que tu viens au dépôt c'est pour nous dire un petit bonjour, et c'est tout. Pigé ?

Un point de départ. Nico vient de me le confirmer.

— Pigé.

*

La minuterie vient de s'éteindre entre deux étages et ça me déséquilibre. Je m'accroche comme je peux à la rampe et grimpe au ralenti, courbé en avant, le bras gauche me barrant le torse. Des bruits de clés, la lumière revient, mon voisin de palier descend.

— Vous voulez de l'aide ?

— Non.

— Si vous avez besoin de quoi que ce soit, vous pouvez toujours cogner chez nous, monsieur Andrieux.

— Merci.

J'ai une sale façon de dire « merci », ça sonne comme « m'en fous ». Il faudra que je surveille ça. Je ne veux pas que le toubib ait raison. Je n'en veux pas à ceux qui n'y sont pour rien.

La date de l'œuvre et la date d'achat sont la même. 1964. Ça ne m'évoque rien hormis le départ aux Etats-Unis de Morand. Sur le registre de cette année-là, Nico n'a rien trouvé de plus, hormis le mois de l'achat, septembre. Quel mois a-t-il quitté le sol français ? Pour le nom de l'artiste on a seulement enregistré « Les Objectivistes ». Il m'a expliqué qu'on ne trouvait pas toujours le vrai nom si l'artiste tenait à signer de son pseudonyme. En l'occurrence il s'agirait d'un groupe, sans pouvoir préciser le nombre de membres. Là encore rien n'est sûr, c'est peut-être une pure invention de peintre. Avec eux, il faut se méfier de tout. Le nom de Morand n'apparaît pas. Je ne sais pas s'il a pu être membre des « Objectivistes » ou s'il a tout bonnement repris un de leurs thèmes, ou encore s'il a voulu leur rendre hommage. Ou s'il les a tout simplement créés. Avec l'Art contemporain il faut faire gaffe. D'après ce que j'ai lu sur la question on trouve tous les cas de figure, des types qui ne signent jamais leurs travaux, des types qui signent pour les autres, des groupes qui se font connaître en cherchant à rester anonymes. On ne sait pas vraiment où s'arrête la profession de foi et où commence le coup de pub. J'ai relu, mais sous un angle différent, les pages où l'on parle plus précisément des groupes, et c'est pas triste. On commence à en trouver vers 66 ou 67, avec des noms bizarres : les Malassis, Supports-Surfaces,

B.M.P.T., Présence Panchounette. Mais on ne mentionne jamais ces « Objectivistes », et ça ne m'étonne qu'à moitié, parce que s'ils avaient été des figures notoires, ou même mineures, Coste en aurait parlé tout de suite, elle aurait fait le lien avec Morand. Mais non, on ne sait rien de sa vie entre le moment où il sort des Beaux-Arts et son départ aux Etats-Unis. Et pourtant, ces « Objectivistes », l'Etat leur a acheté une toile.

Combien de temps s'est-il écoulé entre l'*Essai 8* et l'*Essai 30* ? 22 jours, 22 ans, ou simplement 22 essais ? Chacun d'une couleur différente, avec un nouvel objet à chaque fois, peut-être un escalier entouré d'orange, peut-être une poignée de porte prise dans une flaque blanche. Moi, j'aurais fait une queue de billard sur fond vert, avec deux touches de blanc. Mais je ne suis pas artiste. Personne ne m'a demandé mon avis. J'aurais quand même trouvé ça beaucoup plus chatoyant que le reste. Le plus dur aurait été de créer le mouvement, et ça ne s'improvise pas.

Des touristes s'émerveillent des tubulures
bariolées et des échafaudages apparents de Beaubourg. Moi, en sortant de la bibliothèque du
deuxième étage, je regarde Paris. Les mêmes
touristes sont heureux de repérer Notre-Dame,
pas loin. Demain, de là-bas, il repéreront Beaubourg, avec la même joie. A force de grimper sur
des citadelles ils vont peut-être finir par trouver
un point de vue. Dans la bibliothèque, au rayon
Art Contemporain, j'ai feuilleté d'autres
ouvrages mais mon épluchage manquait de
vigueur, comparé aux étudiants affamés de notes,
agglutinés autour de la table. Les Objectivistes
ont traversé l'Histoire sans la moindre anecdote
de postérité, sans le plus petit *nota bene*. Je finis
par penser qu'ils n'ont pas existé, et que la toile
du dépôt est un canular d'étudiant des Beaux-
Arts, peut-être Morand lui-même. L'histoire
pourrait être celle-ci : Morand passe six ans dans
son école du quai Malaquais à apprendre son
boulot. Pour brouiller les pistes il s'invente un
groupe et un concept, histoire d'impressionner les

autorités en la matière, il peint un *Essai,* et ça marche, il bluffe tout le monde, on lui achète une toile qu'il signe « les Objectivistes ». Ensuite il part à New York parce qu'à Paris on rêve de Soho. Il oublie la France pendant vingt ans, puis il retourne aux sources, la Bourgogne, où il se distrait avec un chalumeau. En fin de parcours il repeint un *Essai,* souvenir d'une époque où tout restait à faire. Ça pourrait être la vie d'Etienne Morand, artiste fouineur, exilé, et qui se souvient.

J'ai aussi cherché les bouquins d'un dénommé Robert Chemin, ex-inspecteur de la création artistique, aujourd'hui retraité. J'ai trouvé *Chronique d'une génération spontanée,* que j'ai vaguement parcourue, histoire d'avoir quelque chose à dire avant notre entrevue. Il a donné rendez-vous chez lui, à midi trente. Il a bien insisté sur la ponctualité en ajoutant que : les gens qui n'ont rien à faire de la journée sont les plus en retard. Pour avoir son nom je suis passé par Liliane, qui ne peut rien me refuser depuis quelques semaines. Elle m'a retrouvé la liste complète des inspecteurs qui votaient à la commission d'achats de l'Etat en 64. Sur les douze noms du jury, sept bossent encore au Ministère, les autres sont à la retraite, et il m'en fallait un de ceux-là pour tenter d'éviter les connexions directes avec les voies officielles. Personne ne doit savoir que je fouine du côté du patrimoine. On ne sait jamais. Delmas pourrait s'inquiéter d'autant d'initiatives.

En descendant les escalators, je me souviens du bordel médiatique au moment de l'inauguration du centre Pompidou. Pour ou contre ? Avènement ou scandale ? Personne ne pouvait échapper à la question. Les forts des Halles ont préféré se tirer vite fait à Rungis devant une question aussi angoissante. Moi aussi, comme tout le monde, je m'étais empressé de me faire un avis. Que j'ai oublié depuis.

11 h 20. Chemin habite rue Saint-Merri, à deux pas d'ici. J'ai le temps de traîner un peu dans le Musée National d'Art Moderne, pour la première fois depuis mon arrivée à Paris. J'ai le choix entre l'expo permanente, au quatrième, et la rétrospective de la Figuration narrative, à l'entresol. Au rez-de-chaussée, derrière une pancarte « Expo en cours de montage », j'aperçois deux accrocheurs, hilares, manipuler une toile pour tenter de différencier le bas du haut.

Classique...

Je me suis approché d'eux, par curiosité. Le plus vieux a dit à son pote : pour gagner ma croûte, j'en accroche !

Ça m'a rappelé des bons moments.

En montant l'escalier, je trafique un peu ma manche droite en l'enfouissant dans la poche. Ceci afin de ne pas passer pour ce que je suis : un manchot, tout en risquant de passer pour ce que je ne suis pas : un malpoli. J'ai réalisé un peu tard que mon infirmité était la meilleure carte de visite à laisser dans les mémoires, un signe particulier de tout premier ordre. Sans parler de ma gueule, déjà inquiétante à mes propres yeux, ou même mon allure générale de fripier qui aurait perdu les trois quarts de son poids. Tout tend à me rendre inoubliable.

D'un geste presque simultané je sonne et fléchis les jambes pour m'empoigner la cheville gauche. La porte s'ouvre, je lève les yeux, il est là, surpris de devoir baisser les siens.

— Je me suis un peu tordu le pied en montant... c'est rien..., dis-je en me massant la cheville.

— Heu... Entrez, asseyez-vous... Vous voulez de l'aide... ?

— Non non, ça ira, j'ai juste eu peur, c'est tout.

L'entrée est une sorte de salon, comme une salle d'attente, avec un canapé et des fauteuils vieux rose disposés en cercle. Je boitille légèrement vers l'un d'eux et m'y installe sans ôter ma veste.

— Ah ces escaliers... Ils sont redoutables ! Et je n'ai plus vraiment envie de les affronter, avec mes vieilles jambes, dit-il. Faites attention en redescendant.

La pièce est puissamment chauffée, presque oppressante. Je vois un secrétaire, dans un coin, avec trois mâchoires moulées en plâtre servant de presse-papiers. Une table basse envahie de magazines, des *National Geographic,* des *Géo,* il en a même par terre, ouverts, retournés, béants. Des coupures de journaux punaisées sur un panneau de liège, des photos de reportage, je suis trop loin pour voir de quoi il s'agit.

Il s'assoit juste en face de moi, sur le canapé. Distraitement je croise la jambe gauche sur le genou droit, et ça me donne l'impression de mettre à l'abri tout mon mauvais flanc.

— Je vous remercie de me recevoir, c'est très gentil à vous...

J'attends une seconde un « je vous en prie » qui ne vient pas.

— Et... Enfin voilà... j'ai lu récemment vos chroniques d'une génération spontanée, et, pour plus de précisions j'aurais voulu savoir si les groupes qui se sont formés dans les années soixante ont réellement...

Il me coupe d'entrée.

— Vous les avez lues ?

— Les chroniques ? Oui.

— Vous êtes étudiant ?

— Oui.

— Vous ne prenez pas de notes ?

Je sens que ma visite va être plus courte que prévu.

— Je m'intéresse aux groupes, je voudrais axer ma thèse sur la décennie 60 vue à travers l'éclosion de groupes disparates et coléreux, ceux qui annoncent à leur manière 68. Vous avez écrit un bouquin là-dessus, je voulais que vous m'en parliez, j'ai une excellente mémoire, c'est simple.

Silence.

— Oui... Je vois... Disparates et coléreux, vous dites... Des groupes comme les « attentistes », en 63, ou plutôt les « Bleu-vert » qui sont arrivés un peu plus tard.

— Par exemple.

Silence.

— Vous vous foutez de moi ? Vous confondez

Rock'n Roll et art moderne... Ces deux groupes n'ont jamais existé. Qui êtes-vous ?

— ...

J'ai l'impression d'avoir déjà fui. Mes yeux restent fixés un instant sur la pile des *National Geographic,* puis glissent sur les murs. Je me lève ? Je reste ? Avant je serais sorti en regardant mes pieds. Mais maintenant...

— Alors ?

Je me souviens de certaines parties dramatiques, à l'académie. Ces quarts d'heure noirs où l'on reste cloué sur son siège pendant que l'adversaire réussit à imposer le silence, patiemment, et au moment où il consent à vous laisser le tapis on se lève pour faire quelque chose de très laid et on le lui rend immédiatement.

— Bon, d'accord, je ne suis pas étudiant, et je me fous de l'art moderne. Pour moi vous n'êtes pas l'auteur de ces chroniques, vous êtes un ancien inspecteur de la création artistique, et vous avez siégé aux commissions d'achats en 64. Je m'y suis mal pris, je voulais vous faire parler de quelques généralités pendant un petit moment, et puis vous faire glisser sur les commissions d'achats, mine de rien, pour ensuite vous soutirer des renseignements sur une ou deux choses précises qui m'intéressent vraiment. Le reste, je m'en fous.

— Et qu'est-ce qui vous intéresse vraiment ?

Alterner les silences et les embrayages du tac au tac, j'aimerais pouvoir faire ça. Ça devait discuter serré, à l'époque.

— Un groupe, « Les Objectiviste », ils ont proposé une toile qui ressemble à ça.

Au lieu de m'évertuer à la lui décrire, je montre le polaroïd. Ce qui me vaut une contorsion peu gracieuse de tout le côté gauche. Il tend la main vers le secrétaire pour saisir ses lunettes et s'en sert comme d'une loupe au-dessus de la photo. Il reste penché là un bon moment, immobile, les yeux plissés. Mon regard s'échappe à nouveau, j'en oublie presque ma présence ici, mes mensonges désuets, mon bras mal caché dans le dos, et j'aperçois au loin, dans l'entrebâillement de la porte donnant sur la pièce attenante, une petite toile accrochée au mur. Pas plus grande qu'une marine, peu colorée, mais, dans l'obscurité, il m'est impossible d'en discerner le dessin.

— D'où sortez-vous ça ?

Au lieu de répondre je lui tends la reproduction de l'*Essai 30,* pour qu'il puisse comparer. Il ne lui faut pas plus d'une minute.

— Aucun doute là-dessus, c'est le même artiste, ou bien on s'en est fidèlement inspiré. Et celle-là, vous la sortez d'où ? Répondez au moins une fois, ça m'aiderait...

— D'un catalogue sur Etienne Morand. Je veux juste savoir s'il a fait partie des Objectivistes. La photo vous rappelle des trucs, ou pas ?

Son geste tournoyant de la main peut signifier plusieurs choses.

— C'est étrange... de revoir ça aujourd'hui. C'est plus qu'un souvenir. Les « Objectivistes », vous dites... ? J'ai tôt fait d'oublier un nom aussi stupide. Mais ça, là, cette pièce, la rouge, je m'en souviens parfaitement.

Je ne sais pas si ça me rassure.

— Nous étions méfiants envers les petits jeunes turbulents, les brûleurs d'icônes. Ils auraient été prêts à tout pour bousculer les valeurs, et surtout les instances de légitimation, comme on disait à l'époque. C'était nous, le ministère, les critiques, les marchands. Tout ce que j'explique dans mes chroniques, si vous les aviez lues. Mais quand cette toile est arrivée à la commission, nous avons tous été un peu... inquiets.

— Inquiets ?

Il semble ailleurs. Tombé dans l'abîme du souvenir.

— Et bien oui... Ça me fait drôle de... Oui, inquiets... Il y avait là quelque chose de fort, de spontané. Il y avait une énergie. Je ne vois pas comment appeler ça autrement. J'ai oublié au moins 80 % de ce qu'on nous présentait, mais pas cette toile. En général nos délibérations étaient interminables, mais ce jour-là, aucun de nous n'a essayé de nier cette force, cette urgence qu'il y avait devant nos yeux. Nous avons voté à l'unanimité.

— Et les peintres, vous les aviez vus ?

— Non, et pour cause. Deux d'entre nous ont cherché tout de suite à les contacter, visiter leur atelier, comprendre leur système et leur démarche. Nous étions sûrs qu'ils étaient tout jeunes, qu'ils avaient sûrement besoin d'être appuyés. Nous étions prêts à faire des choses pour eux, c'était notre rôle, après tout. Mais ils n'ont rien voulu savoir.

Il reprend son souffle. A moins que ce ne soit un long soupir.

— Vous les aviez vus ? Morand en faisait partie ?

— Je viens de vous dire non. Et le Morand dont vous parlez est à peine connu aujourd'hui, alors imaginez, à l'époque. En revanche nous avions entendu parler d'eux avant qu'ils ne représentent leur toile. Trois mois plus tôt ils avaient fait une... prestation... une intervention, au Salon de la jeune peinture. Je n'y étais pas et je le regrette. Ils sont arrivés le soir du vernissage du salon où ils n'étaient absolument pas invités, ils ont accroché leurs toiles n'importe où, ils ont distribué des tracts parfaitement insultants sur le milieu pictural, et personne n'était épargné. Après avoir copieusement injurié l'assistance, ils ont repris leurs toiles et sont partis. Et, entre nous, ce genre de coup d'éclat est devenu presque une coutume, par la suite, mais eux avaient créé le précédent. Leur nom n'était donc pas tout à fait inconnu le jour de la commission. Nous étions même relativement intrigués quand nous avons su qu'ils se présentaient. Inquiets, oui c'est bien le mot. Ils refusaient de signer de leur propre nom ou même d'avoir des rapports avec une quelconque institution. C'était la grande mode de « L'Art pour l'Art » et du refus du star système, de la spéculation sur les cotes des artistes. Enfin vous voyez, toutes ces apostrophes que l'on retrouvait quelques années plus tard. Mais nous n'étions qu'en 64.

— Justement... Vous ne trouvez pas un peu bizarre que ces rebelles idéalistes aient refusé d'être récupérés par l'art marchand, tout en proposant une toile à l'Etat ?

— Si.

J'attends un peu plus d'éclaircissements qu'il n'a sans doute pas envie de me donner. Il agite les mains, comme pour dire « oui, je sais, mais... qu'est-ce que vous voulez... ça fait partie des redoutables contradictions artistiques ».

— Il y a bien une raison, non ?

Ça semble l'énerver de ne pas pouvoir répondre, il fait d'autres gestes, il grogne légèrement mais rien de clair, je répète de nouveau la question, telle quelle. Et là, j'ai senti que j'allai trop loin.

— Moi, mon jeune ami, j'aimerais bien savoir pourquoi vous vous asseyez d'une fesse sur le bord du fauteuil en reposant entièrement sur la cheville qui vous faisait mal tout à l'heure.

Je n'ai pas réfléchi, je n'ai pas eu le temps d'hésiter et, sans savoir pourquoi, mon bras est parti tout seul. Il a surgi comme un cran d'arrêt. Le moignon à nu, sous son nez.

Il s'efforce de ne montrer aucune surprise.

— C'est pire que ce que je pensais, dit-il du bout des lèvres.

Il se lève.

— Il serait temps de partir, vous ne croyez pas ?

Oui, je crois. J'ai sans doute abusé. En me

levant j'ai rentré mon moignon dans la poche. Pourtant, quelque chose m'intrigue.

— Juste le temps de vous poser une dernière question. Tout à l'heure vous vous êtes très vite rendu compte que je disais n'importe quoi et pourtant, vous n'avez pas hésité à fouiller dans vos souvenirs. J'aimerais bien savoir pourquoi.

Il m'a gratifié d'un ricanement, pas trop méchant.

— Ça, mon jeune ami, c'est très simple. Je vous ai répondu avec un certain plaisir dès que vous avez avoué que vous vous fichiez bien de l'Art contemporain. Car voyez-vous, malgré les apparences, vous ne pourrez jamais vous en ficher autant que moi. Ça fait du bien, de temps en temps, de pouvoir le dire.

— Je ne comprends pas.

— J'ai passé trente ans de ma vie à discourir sur des œuvres de plus en plus dépouillées, minimales... invisibles. A tel point que je les ai vues disparaître. Je me suis perdu. Je n'ai plus su qui défendre et pourquoi, le simple geste de mettre de la couleur sur une toile devenait de plus en plus suspect, on ne parlait plus que de concept. Et on a fini par oublier l'émotion. Un beau jour, je n'ai plus trouvé passionnant de guetter un art qui cherche à créer, avant tout, sa propre Histoire. A l'heure actuelle, les peintres ne peignent plus, ils composent, ils conceptualisent, ils affirment qu'on ne peut plus peindre, ils posent des objets courants sur des socles en hurlant la fin des hiérarchies artistiques, ils théorisent la mort de l'art. Ils attendent, simplement, que quelque chose se passe. Et j'ai attendu, avec eux, long-temps, celui qui allait ouvrir une voie. Vos Objectivistes, par exemple, avaient sûrement quelque chose à dire, malgré un nom aussi absurde, mais ils ont disparu aussi vite qu'ils s'étaient manifestés. Moi, j'ai perdu patience et désormais, je m'en fous. Comme vous.

— Plus rien ne vous intéresse ?

— Oh, vous savez, j'ai perdu mes dents, j'ai perdu du temps, je ne connais pas le monde et ses paysages. Et c'est important, les paysages, la terre, la matière. Je ne me suis jamais promené dans du beau, je n'ai jamais pris le temps de me balader dans la couleur. Ou bien j'ai dû passer à côté. J'ai commencé par le contraire. Le camaïeu avant la chlorophylle.

— Vous regrettez ?

— Pas vraiment. Vous savez, j'ai beaucoup mieux compris Turner en feuilletant un reportage sur Venise. J'aurais dû y aller quand mes jambes en avaient la force. Aucun peintre, pas même Van Gogh n'a réussi à retrouver un jaune aussi perçant que les champs de colza de Haute-Provence. Et je n'y suis jamais allé non plus.

Il me raccompagne à la porte.

— Vous prétendez ça mais... Je ne sais pas comment dire... J'ai vu, dans la pièce à côté, une toile accrochée. Si plus rien ne vous intéresse, il reste encore quelques centimètres carrés de peinture qui valent encore la peine d'être regardés.

Il ricane en ouvrant la porte et me pousse dehors. Avant de refermer, il ricane encore.

— Ce que vous avez vu est magnifique, c'est le

portrait de ma mère fait par mon frère. Et c'est une toile inestimable. Mais, entre nous, il a bien fait d'arrêter là sa carrière.

*

Une fois dehors je me suis précipité dans le métro, comme s'il y avait une urgence et j'ai passé le reste de l'après-midi au Bureau des archives de la Biennale de Paris. Une autre bibliothèque de l'Art contemporain située dans un renfort du Grand Palais. J'y ai trouvé tout ce qui concernait l'année 64, et notamment le service de presse du 14e Salon de la jeune peinture. Dans un article, le nom des Objectivistes était effectivement mentionné. Je n'ai pas pu juguler un accès de nervosité qui m'a empêché de me concentrer sur une question grave : voler ou dupliquer les documents ? J'ai hésité un peu devant la photocopieuse, puis devant la bibliothécaire. Elle m'a à peine regardé en face et n'a absolument pas remarqué que j'étais manchot. J'ai attendu que mon voisin de table s'en aille pour chiffonner tout ce dont j'avais besoin dans la poubelle de ma poche gauche.

Sur les coups de 19 heures, j'ai refait une tentative à la machine à écrire. J'ai l'impression de régresser, il me faut un temps fou pour que la feuille soit bien parallèle au charriot, et en fait, c'est surtout mon énervement qui me fait perdre du temps. La patience me manque. Mon père a choisi ce moment pour appeler et me reprocher mon silence. Je n'ai rien dit de spécial, tout en cherchant à mentir le moins possible. Ça m'a incité à commencer une nouvelle lettre dans l'espoir d'y mettre un point final avant qu'ils ne s'inquiètent vraiment. J'ai un peu peur qu'ils viennent un jour à l'improviste, et là, je n'aurai pas le courage de tendre le bras en l'air, comme cet après-midi. C'est bien ce qui me manque, en fait, la netteté d'un tel geste. Une vue d'ensemble qui aurait la précision d'une photo. Une vision froide et clinique. Une toile hyperréaliste.

Chers vous deux.
Imaginez une partie du corps humain qui n'existe pas, une extrémité ronde et lisse qu'on jugerait à s'y tromper parfaitement naturelle. Mettez-la exactement à l'endroit où habituellement on trouve une banale main. C'est mon moignon.

Entre une légère somnolence et une soupe à peine tiède, je me suis laissé surprendre par la nuit. Mais, pas question de dormir avant de dépiauter intégralement les papiers froissés dans ma poche. Le téléphone a sonné et j'ai failli ne pas répondre, persuadé que Briançon remettait ça.

— Antoine...

— Nico... ?

— Je sais, il est tard, je suis encore au dépôt, et j'ai quelque chose pour toi. Quelque chose de gros, emmène ton polaroïd. Tu commences à me courir, avec tes histoires...

96

Est-ce la nuit, le fait que je n'aie jamais parlé à Nico après 20 heures, ou la perspective de me retrouver nez à nez avec ce quelque chose de gros, mais je n'ai pas démarré aussi vite qu'il le désirait.

— Ça peut pas attendre demain ?

— Impossible, demain ça sera plus la peine, et dépêche-toi, j'ai envie d'aller me coucher, ma môme m'attend et on ne me paie pas les heures sup. Et prends avec toi la photo que t'as faite, hier, parce que là, c'est moi qui vais en avoir besoin. Tu vas piger tout de suite en arrivant. Salut.

Juste le temps de saisir mon appareil, dévaler les escaliers et coincer un taxi vers la place des Vosges. Pour faire tout ça je n'ai pas eu besoin de ma main droite. Mais j'ai pu oublier, juste dix minutes, qu'elle me faisait défaut.

Il a pensé à laisser la porte ouverte. Le lampadaire est éteint, je n'ai jamais su où l'allumer, mais les spots du hangar des sculptures, au loin, m'aident à avancer. Dans le noir je butte contre une petite caisse et rattrape par miracle une sorte de vase, je ne sais pas si c'est une œuvre qui cherche sa place ou un vulgaire broc pour arroser les plantes. Si je savais où est l'interrupteur... J'enjambe un rouleau de papier bulle qui traîne à terre, à côté d'un cadre prêt à être emballé. Nico a tellement peu de place dans le hangar qu'il squatte le bureau de Véro pour faire ses envois. Je traverse la petite cour qui donne accès à l'entrepôt des sculptures qui, lui, regorge

97

de lumière, comme si on attendait un haut-fonctionnaire. Une odeur de vieux bois et de résine fermentée me revient. Je braille le nom de Nico. Je n'oublie pas qu'il fait nuit, ça ne change rien mais ça ajoute une dimension, un air de décadence, je fais quelques pas timides au milieu d'une forteresse en déperdition. Un Xanadu.

— Nico... ? Nico ! Qu'est-ce que tu fous... Merde !

Les visages de pierre n'ont plus du tout l'air de s'ennuyer, au contraire, ils menacent celui qui vient troubler leur repos. Une vierge blafarde me regarde avancer de ses yeux vides. « Après sept heures du soir je dérange plus les œuvres », dit toujours Nico, quand il veut partir. Et c'est vrai, passé les heures ouvrables elles exigent de rester entre elles. Plus rien n'est laid, plus rien n'est inutile, chacune atteint enfin son seuil d'inertie maximale, comme si seul le regard des visiteurs les obligeait à poser.

Je m'engage dans une allée perdue hors du champ de lumière.

Là, au détour d'une énorme chose en bois, j'ai mis du temps à comprendre qu'un rayonnage de bustes est renversé à terre. Une marrée de têtes arrive à mes pieds, des joues en terre cuite, des dizaines de femmes en bronze vert-de-gris, plus ou moins grosses, plus ou moins fissurées. Et au bord de la vague, un autre visage, plus éteint encore que les autres.

— Nico ?

J'ai porté la main à ma bouche.

Pas loin, derrière moi, j'ai entendu un ordre.

— La photo...

Je ne me suis pas retourné tout de suite.

La voix, la tempe défoncée de Nico, la peur à en vomir, j'ai cru revivre cette seconde qui a fait basculer ma vie.

— Donnez-moi la photo...

La photo... Je sais bien que ce soir il ne se contentera pas d'une photo. La dernière fois il m'a pris une main. C'est le moment de savoir si je peux vraiment compter sur celle qui me reste.

Je ne me suis pas retourné, j'ai sauté en avant pour agripper un autre rayonnage et le détacher du mur de toutes mes forces, je n'ai pas regardé derrière mon épaule mais le fracas m'a fait l'effet d'une décharge électrique. J'ai foncé vers la sortie en enjambant tout sur mon passage, j'ai grimpé sur des caisses et sauté sur les tables, je me suis souvenu d'une rangée d'œuvres qui donne accès à une porte d'où je pourrais rejoindre le bureau, je ne sais pas s'il me suit où s'il prend l'accès principal pour me couper la route. Après un trop plein de lumière et de flashs colorés, je suis retombé dans la pénombre du bureau. J'ai senti qu'il était là, lui aussi, et j'ai refermé la porte pour faire le noir complet. Il doit se tenir vers la sortie, en train de chercher l'interrupteur. Au corps à corps je ne résisterai pas longtemps, j'ai retenu la leçon de la dernière fois. Il est peut-être armé, je ne sais pas, je ne me suis pas retourné, il me tenait peut-être en joue, je ne sais pas. Le bureau est grand, à tâtons j'arriverais peut-être à retrouver quelque chose, je ne sais pas quoi, le temps que mes pupilles se dilatent. Les siennes, aussi, ne vont pas tarder à y voir plus clair.

— Je vous conseille de me donner cette photo.

Oui, ça vient de la porte blindée, celle qui donne sur la rue. Il ne sait pas comment allumer. C'est ma seule chance. Pour le cas où il trouverait l'interrupteur, je balance un coup de pied dans le lampadaire et tout de suite après je glisse vers une rangée de toiles.

— Vous n'aurez pas autant de chance que la dernière fois, j'entends.

S'il était vraiment sûr de lui il me foncerait dessus direct. Encore faut-il me débusquer. Même moi qui connais l'endroit, je suis perdu.

— Et votre ami, le gardien d'ici, m'a appris que vous étiez... diminué.

Il savait déjà que Nico allait y passer, à peine aurait-il raccroché. Il a dû le cuisiner un bon moment avant de l'achever. Il était venu récupérer l'*Essai 8*, Nico le lui a sorti sur-le-champ et a tout balancé, ma visite, la photo. Une autre trace des Objectivistes, sans compter toutes celles qu'il y a dans ma mémoire. C'est pour les détruire, toutes, qu'il a fait téléphoner Nico.

— Vous êtes un coriace, mais je finirai par vous avoir.

A grand-peine j'arrive à discerner les objets qui m'entourent. Je ne pense pas qu'il y voie beaucoup mieux.

— Dites, je n'ai pas fait attention, tout à l'heure. Vous avez un crochet?

Un quoi?

Un crochet, c'est tout ce qui me manque pour

t'arracher la gueule. En même temps que le scratch d'une allumette, une petite boule de lumière a créé un léger halo clair-obscur autour de lui. Ça m'a tout juste permis de revoir sa gueule et sa cravate de gentleman. Il cherche ma silhouette, prostrée entre deux meubles.

La flammèche s'éteint.

— Vous êtes coriace.

Second scratch. Je ne vois plus que ses jambes. Il a déjà progressé de trois bons mètres.

— Vous et moi, au milieu d'œuvres d'art... Nous avons la nuit pour nous.

Je sens ses pas de chat effleurer quelque chose qui craque, comme de la paille. En rampant je parviens à changer d'angle mais le polaroïd, ballant sur mon épaule, s'est cogné contre un pied de table.

Nouvelle allumette, mais cette fois je ne vois presque rien.

Un froissement de papier... La lumière devient beaucoup plus vive. Il a dû enflammer quelque chose. Une torche improvisée, une gravure, peut-être.

Une odeur de grillé ? Ça crépite. De vraies flammes, ça brûle pour de bon. Il est à plus de dix mètres de moi, je peux relever la tête pour voir ce qu'il est en train de foutre.

Avec sa torche il tente d'enflammer un rouleau.

L'*Essai 8*.

Il risque surtout de mettre le feu à la baraque. Je vais griller comme un poulet. Pour lui ce serait une solution plus qu'hypothétique. Avec tout ce qu'il y a dans l'entrepôt, il faudrait peut-être deux nuits de brasier avant que je ne sois inquiété. Ça serait l'incendie le plus grandiose qui soit.

C'est déjà fini, les flammes ont presque totalement mangé la toile.

— J'ai envie de boire quelque chose. Du whisky...

Qu'est-ce que ça veut bien pouvoir dire ? Rien, peut-être... Ou tout simplement qu'il a envie de boire du whisky. Je n'ai pas vu d'arme. La main me manque. Avec elle j'aurais pu lui lancer une table entière sur la gueule, je m'en serais servie comme bouclier. Ou bien c'est dans la tête, qu'elle me manque. Il a raison, je suis diminué, et il le sait. Diminué... c'est le mot. Impotent. *Tous vos efforts doivent se porter sur la main gauche.* J'aimerais bien que Briançon me voie, à cette seconde.

— La seule chose que je regrette, ici, c'est la qualité des œuvres. Je pensais trouver des merveilles.

En me repérant à sa voix je sens qu'il tourne, qu'il arpente autour des tables.

— C'est étonnant de constater quel pouvait être le contemporain de nos grands-pères. Est-ce que l'art va aussi vite que ça ? Peut-être que ce n'est que ça, après tout, une simple question de temps. Les graphiteurs de métro entreront peut-être au Louvre, un jour. Qu'est-ce que vous en pensez ?

Je le perds. Dans ses paroles, et, plus grave encore, dans l'espace. L'odeur de brûlé s'estompe peu à peu. Cette mascarade ne va pas durer, il va perdre patience. Il raconte toutes ces conneries pour me faire craquer.

— Donnez-moi cette photo.

J'avale des nuées de poussière. A cette seconde il peut être n'importe où. Je sais où se trouve le bureau de Véro. Je tâtonne, au-dessus, je fais du bruit. Il a dû entendre, je saisis un crayon puis un objet fin et métallique. Un coupe-papier.

— Votre main ne vous manque pas trop ?

Je suis sûr d'une chose, ordure, c'est que je vais finir par t'égorger. C'est pour toi que je fais tout ça. Si j'avais su qu'on se croiserait ce soir j'aurais emmené mon hachoir. Il m'aurait peut-être donné courage. De toute façon il me faut une main. Peut-être pas la tienne, mais une main. Tu as fait de moi un monstre physique et le mental a suivi. Logique. Je ne sais pas ce que je leur veux, à ces Objectivistes, mais moi, désormais, je n'ai plus qu'eux.

Il doit se tenir vers la porte de sortie. Je n'aurais jamais assez de force dans le bras, ni assez d'adresse pour le planter avec ce coupe-papier de merde. Il a peut-être un rasoir gros comme ça dans la main. Il va se régaler.

Des petits éclats... Il marche du côté du papier bulle, à l'opposé de ce que je pensais... Il est tout près. A ma droite... tout près... C'est maintenant où jamais.

Je grimpe sur la table et me jette sur lui en essayant de le crever, je tape comme je peux mais mon bras est vide, je frappe sur sa poitrine mais ça ne rentre pas, il fait noir, mon bras est creux, un roseau, cassant, la lame glisse sur lui comme

103

une caresse, ou bien elle râcle le bitume. Avec un peu de lumière je pourrais le voir sourire de toutes ses dents. Je ne peux ni trancher ni même couper, avec une lame de merde au bout d'un bras exsangue...

Pas la moindre petite entaille. Ce soir, je n'aurai pas sa main. Je lui ai asséné un dernier coup pour le maintenir encore quelques secondes à terre. Et j'ai fui. En renversant tout ce que je pouvais sur mon passage. Une fois dehors j'ai couru, n'importe où, longtemps, avec le visage mort de Nico pour seul horizon.

*

Je n'ai pu reprendre mon souffle que chez moi, là-haut. Je me suis senti cuit. J'ai tenté de ramener mes pensées vers moi. Essayé de me comprendre. Savoir comment je pouvais passer à côté d'un cadavre, le cadavre de quelqu'un que j'ai connu, et quelques minutes plus tard, ne désirer qu'une seule chose : percer dans la chair d'un vivant. Briançon a sûrement raison : je ne suis plus dans la zone libre.

*

Au réveil, je me suis retrouvé à Biarritz, essayant de justifier on ne sait quoi à deux muets. Je ne me suis pas mieux débrouillé à l'oral qu'à l'écrit. La distance était trop grande. J'ai fait de mon mieux pour chasser leur visage de mon esprit.

9 h 30, Véro arrive au bureau, la porte est ouverte, une odeur de brûlé, un cadre calciné par terre, des meubles renversés, les spots allumés dans l'entrepôt, les rayonnages par terre, les bustes étalés au sol, et puis, le reste. Je me lève pour boire un peu d'eau, des crampes dans la nuque m'obligent à tourner la tête dans tous les coins. La machine à écrire, avec un inamovible « cher vous deux » enroulé dedans. La cafetière. Ma queue de billard. Les papiers froissés étalés sur la table. Je ne sais pas où est l'urgence. Si : ranger le hachoir dans un placard. Je me rasseois, me relève, tourne autour de la douche. Je passerais bien un coup de fil, sans savoir à qui. Je ne connais personne suffisamment proche de moi pour supporter la complainte du manchot vengeur. Tout ça c'est à cause du billard. J'ai manqué de patience pour tout le reste. Allongé, j'ai pensé à ce pianiste qui s'est retrouvé manchot, comme moi. Son copain Ravel lui a écrit un concerto pour la main gauche. Voilà ce que c'est d'avoir des copains.

Bientôt, Delmas va chercher à me contacter. Il faut que je m'y prépare. Elle est peut-être là, l'urgence. Il va me parler de Nico et d'un « agresseur ». Ça sonne comme un métier. Et justement, en ce qui concerne le gentleman, je n'arrive toujours pas à comprendre la manière dont il travaille. Avec méthode, ou par simple improvisation ? Pas d'arme, hormis sa sérénité, sa patience, et un vague cutter.

Je suis resté couché, plusieurs heures, sans pouvoir m'accrocher à quelque chose de cohérent. Les documents attendent, et c'est tant pis. Véro doit être mal, à l'heure qu'il est. Je suis condamné à passer la soirée ici, dans le même état de fébrilité.

En fin d'après-midi, Delmas m'a prié de passer le voir sans me laisser le temps de discuter le délai, et j'ai pris ça comme une délivrance. « Dans une heure ce serait le mieux, et ne soyez pas trop en retard... » A sa formulation, j'ai compris que nos rapports venaient imperceptiblement de glisser.

Et pour la peine, j'ai fait exprès de traîner. Mais avec des excuses : en glissant le ticket de métro dans le composteur je me suis rendu compte que le monde n'était définitivement pas conçu pour les gauchers. Après la somme de petits détails dans ce style, c'est la conclusion qui s'en dégage. Rien de contraignant, non, juste systématique. Un ticket, ça se glisse à droite, comme quand on ouvre une porte ou que l'on met un disque. Des petits riens. Et on tombe juste à chaque coup. Avant je ne me serais jamais rendu compte de la manière dont on avait pensé les objets. J'ai eu beaucoup de mal à enfouir ma carte orange dans la poche intérieure. Parce que les droitiers mettent leur portefeuille côté cœur. Le temps de sortir de ces considérations et de boire un demi, j'ai fait mon entrée dans le hall de la Brigade des Recherches et Investigations, puis dans le bureau de Delmas. Cet homme n'a pas encore compris qu'il ne pourrait pas traiter avec moi comme avec n'importe qui.

A ses joues rouges et ses lèvres un peu tordues j'ai compris qu'il venait juste d'évoquer mon nom. Mais il ne s'est pas senti le droit de hausser le ton. Pas encore.

— Vous ne savez pas arriver à l'heure ?

— Si, mais le moindre geste me demande le double de temps qu'à vous. Autrement dit, pour moi, une heure en vaut deux.

Ça me va bien, tiens, de jouer les idiots. Je me tais, une seconde, pour qu'il m'annonce la mort de Nico.

— Je vous ai demandé de venir parce qu'il s'est passé hier, une chose qui pourrait bien être en rapport avec ce qui vous est arrivé. Vous connaissiez M. Nicolas Daufin ?

Daufin... Dofin... Dauphin ? Si j'avais su çà quand on bossait ensemble...

— Nico... Oui, il travaille au dépôt.

Je n'ai pas relevé son imparfait.

— Il est mort, hier, dans des circonstances presque similaires à celles de votre agression.

— ...

Rien ne me vient. Et s'il a l'impression de ne rien m'apprendre, tant pis. Pour les reconstitutions, même émotionnelles, je suis nul.

— Quel genre de... de circonstances ?

— On l'a retrouvé dans son dépôt sous des rayonnages de sculptures, mais il était déjà mort quand on a renversé les étagères sur lui, on a d'abord tenté de l'étrangler avec un lacet, ensuite il a été frappé avec un buste, au front. Il y a aussi des traces de lutte dans le hall. Vous savez comment est fait le dépôt...

— Oui, j'y ai travaillé.

Je n'ai pas vu le lacet, hier. Juste les marbrures bleuies au coin de son visage. Delmas ne parle pas de la toile brûlée.

— Vous y retournez souvent ?

— Très rarement, quand je suis dans le quartier, et je ne vais jamais dans le quartier.

— Et la dernière fois, ça remonte à quand ?

Danger.

De deux choses l'une : Véro lui en a parlé, ou non. De toute façon Delmas est un vicieux. Je ne peux que la jouer bille en tête, bande avant, avec un effet à droite.

— ... Longtemps. Plusieurs mois.

— Avant ou après votre accident ?

— Bien avant, ça au moins, question chronologie, c'est un bon point de repère.

— Vous n'aviez pas de contacts, même téléphoniques, avec M. Daufin ou Mlle Le Money ?

— Véro ? Vous connaissez aussi Véronique ?

— C'est elle qui a découvert le corps. Elle était très... très attachée à M. Daufin ?

— Je n'ai jamais su. Ils s'entendaient bien, à l'époque. Comment elle va ?

— Mal.

— A ce point-là ?

— Elle a très mal supporté. Elle est sortie dans la rue, un passant l'a vue s'effondrer et il a prévenu le commissariat.

Allez savoir ce qui se passe vraiment entre les êtres... Ils n'étaient ni frères, ni mariés. Juste des

108

collègues de bureau. Des copains. Lui fermait le dépôt et elle l'ouvrait, le matin. Rien d'équivoque dans leur comportement, impossible de savoir s'ils avaient été amants ou s'ils l'étaient encore. Nico disait « ma môme » pour parler de sa vie privée. Allez savoir...

— Vous avez travaillé ensemble, Daufin et vous, et tous les deux on vous retrouve sous des sculptures, à deux mois d'écart. Vous avouerez que ça suffit pour faire le lien.

— Oui, ça on est obligé de le reconnaître. Sauf que j'ai eu plus de chance que lui.

Après une petite moue ironique, il ajoute :

— Oui, ça on est obligé de le reconnaître.

Et toc. Cloué l'Antoine. L'Antoine un peu trop à l'aise.

— C'est bien Mlle Le Money qui s'occupait de l'inventaire de la collection ?

— Ça lui a déjà pris dix ans, sans compter les dix à venir.

— Sûrement pas, je me suis chargé de faire accélérer le processus. Personnellement je n'avais jamais vu un capharnaüm pareil. Dès la semaine prochaine on va placer une équipe pour répertorier le moindre grain de poussière de l'entrepôt. Il faut savoir exactement ce qui intéressait l'agresseur.

Tu parles... Depuis le temps qu'elle les attendait, Véro, ses stagiaires... Je leur souhaite bon courage, aux petits nouveaux. Il leur faudra plusieurs mois avant de réaliser qu'une misérable toile roulée a disparu. Même Véro n'a jamais entendu parler des Objectivistes.

Un de ses sbires entre et lui demande s'il veut un café. Delmas refuse et me le propose. J'accepte.

— Dites... Vous faites quoi, en ce moment ?

J'ai compris que c'était la question la plus importante. Qu'il m'a fait venir juste pour ça. Il me faut un petit instant avant de retrouver un peu de naturel, juste le temps de casser le sucre en deux, coincé entre mes doigts. Un geste dont je m'acquitte de mieux en mieux. Histoire de montrer au commissaire que, dans mon cas, les lois les plus pénibles sont celles de l'ergonomie. Parce que les autres, celles qui justifient son exercice et déterminent ma liberté, celles qu'on applique sans savoir et qu'on viole sans plaisir, celles qui généralisent les cas d'espèces, toutes celles-là me concernent à peine.

— Pas grand-chose. J'essaie de devenir gaucher.

— C'est difficile ?

— C'est long. Vous êtes quoi, vous ? Droitier ?

— Oui.

— Eh bien vous faites partie des neuf dixièmes de l'humanité, et ça vaut mieux, parce que vous connaissez comme moi les problèmes des minorités. Moi, en ce moment, j'essaie de me faire une petite place chez le dixième qui reste. Mais je sais déjà que je ne bénéficierai jamais du circuit court des gauchers.

Il n'a pas l'air de savoir ce que c'est. Même pas le temps d'expliquer, il embraye. Cet homme se contrefout du circuit court. Ce centième de seconde de rapidité dans le temps de réponse, ça

110

suffit pour trouver cinq gauchers sur six dans l'équipe de France d'escrime, et trois gauchers sur cinq dans le classement mondial des tennismen. Et je n'en jouirai jamais, de cet infime petit avantage. Il faut être né avec. Mais ça, il s'en fout, hein le commissaire...

— Vous allez retravailler à la galerie ?

— On verra. Pour l'instant je veux évacuer un peu tout ça.

Après un petit silence agacé, il s'est tourné vers la fenêtre, calmement. Ça m'a gêné de ne plus voir ses yeux.

— Je vais le retrouver.

Inutile de demander qui. Ça a sonné comme une gageure. Un rendez-vous. Il l'a dit pour moi ? Contre moi ? Impossible de savoir.

— Je ne vais m'occuper que de lui. Les Post-impressionnistes peuvent attendre.

J'ai souri à cette dernière phrase qui, hors contexte, résume tout le drame de Van Gogh. Ça m'a permis de trouver une ouverture pour lui poser une question qui m'intrigue depuis notre première entrevue.

— Mais vous... Vous aimiez la peinture avant la police, ou bien l'inverse ? Je veux dire... comment c'est venu, cette spécialité ?

Après un long silence il s'est retourné, toujours calme, un peu ailleurs.

— On n'atterrit pas dans ce bureau par hasard.

J'ai cherché des yeux un indice quelconque, sur le bureau, sur ses murs. Et je n'ai rien trouvé, pas même une affiche.

— Vous devez vous tenir au courant de ce qui se passe dans Paris, non ?

— Je n'ai pas le temps, je rate toutes les expos que j'ai envie de voir... Avant de rentrer dans la police je voulais... En 1972 j'étais allé voir une expo de Francis Bacon... J'étais déjà flic... Vous connaissez Bacon ? Il paraît que l'envie de peindre lui est venue presque par hasard, en voyant des Picasso...

Et la chaîne s'est arrêtée là, j'ai pensé.

— Ça doit être bien, comme boulot.

— Parfois oui, mais le gros c'est le recel, les faux, les vols, enfin, vous voyez, quoi.

— Vous devez voir de sacrés trucs, non ?

En disant ça j'ai réalisé que je posais exactement la même question aux taxis de nuit, histoire de parler d'autre chose que du temps.

— Ouais... Des fois... Il y a des obsédés partout mais dans le domaine des arts c'est vrai qu'on est servi.

Si je demande des détails il va couper net et redistribuer les vrais rôles.

— Une fois j'ai pisté un type étonnant, grand spécialiste de Picasso, et son seul signe particulier, c'est qu'il avait « les Demoiselles d'Avignon » tatoué sur le haut de l'épaule. Vous imaginez les vérifications auprès des suspects, quand on veut faire une enquête discrète ? Il n'y a pas longtemps on a coincé un Rembrandt dans le métro. Oui, un Rembrandt, roulé dans un tube en carton. Répertorié nulle part. Des comme ça on en a pas tous les jours... Bon, bref, je vais suivre de très près tout ça et j'aimerais bien que

112

nous restions en contact, je peux avoir besoin de vous. Il se peut qu'il n'y ait aucun rapport entre votre affaire et la mort de M. Daufin mais je n'y crois pas beaucoup. Je ne vous retiens pas plus longtemps.

— A qui je peux demander des nouvelles de Véro ?

— A l'hôpital Baujon, mais il est impossible de la voir pour le moment. Elle y restera quelques jours, je pense. Avec les dépressions nerveuses, on ne peut pas savoir.

Un peu abasourdi, je suis sorti de son bureau et l'ai remercié, bêtement.

Delmas m'a traité comme une personne normale, pas comme une victime, et ça change de la gêne bienveillante à laquelle j'ai droit depuis mon accident. Ça prouve que le monde ne s'arrête pas au bout de mon poignet gauche.

*

J'ai terminé une bouteille de Chablis trop fraîche, un peu âpre, et je suis retourné à ma table où tout le butin de paperasse froissée est étalé. Pas grand-chose, en fait, mais rien que du bon. Le Salon de la jeune peinture s'est déroulé en mars, dans le dossier de presse on trouve quelques articles sur les tendances générales, mais trois d'entre eux font état de l'intervention sauvage datant du 27, de quatre individus incontrôlés et sans scrupules. Le papier le plus intéressant est celui d'*Art Libre* de juin, un canard qui n'existe plus. Et c'est dommage.

(...) Et puis, dans le ronronnement général qui semblait être le révélateur immédat du contexte pictural parisien, nous avons connu la fracture. Quatre garçons ont fait irruption dans les salles en fin de soirée. Quand maîtres et élèves s'abandonnaient au satisfecit, ces quatre-là ont balancé un pavé dans la mare du consensus et du bon aloi. Ils ont hurlé la mort des galeries et de leurs chiens de garde, les « petits patrons de l'art ». Ils ont décrochés des toiles pour exposer les leurs, ils ont distribué des tracts et insulté copieusement les exposants. (...)

Une autre revue reproduit le tract en question.

Puisque l'art est mort, faisons-lui de vraies funérailles !

Nous, les Objectivistes, nous proclamons que l'art a été tué par les petits patrons, galeristes, critiques et autres instances de légitimation.

Les objectivistes n'iront pas se couper la moindre oreille.

C'est trop tard.

Les objectivistes ne revendiqueront jamais rien, ils n'existent pas, ils ne spéculeront JAMAIS sur le nom d'un de ses membres. On ne signe pas les cadavres.

Le salon de la jeune peinture n'est qu'un mouroir de l'esthétique.

C'est les Beaux-Arts qu'on assassine.

Et c'est tant mieux.

Dans le troisième on trouve le compte rendu de la fin de soirée. Scandale chez certains et vif intérêt chez d'autres.

Un des exposants, se voyant insulté plus encore que les autres a tenté de prévenir la police mais les organisateurs ont réussi à juguler le climat de violence qui menaçait de plus en plus leur salon. En revanche, Edgar Delarge, propriétaire de la galerie Europe, bien connu pour être à l'affût de nouveaux talents — on ne sait trop s'il confond talent et persiflages — s'est déclaré intéressé (!) par les jeunes pseudo-révolutionnaires. Les quatre individus, dont le seul mérite est d'être fidèles à leurs prises de position, l'ont renvoyé bruyamment à ses « marchandages nauséeux de la fiente sur toile » (sic).

J'avais tellement besoin qu'ils aient existé.

A quatre ils ont réussi à foutre ce bordel. Chemin a beau perdre ses dents, il a encore une solide mémoire. Tout y est : le berceau des Beaux-Arts, la rébellion, le crachat à la gueule des petits patrons, le mépris pour les fonctionnaires en place, l'anonymat et la non-revendication de leurs propres œuvres. Morand était là avant qu'il ne soit Morand.

Et puis il y a ce galeriste, Delarge, un « petit patron », comme les autres, mais celui-là n'a pas eu froid aux yeux en se « déclarant intéressé ». Il fallait vraiment être cinglé ou aimer le scandale, ou aimer les Objectivistes pour défier leur insolence. C'est là où je peux continuer à fouiller, parce que, mine de rien, leur agression du 27 juin a porté ses fruits, ne serait-ce qu'au niveau de la commission d'achat. Et pourquoi n'auraient-ils pas fait une seconde entorse à leur prétendue intégrité ? Delarge se souvient sûrement, il pourrait me raconter sa confrontation avec eux, ou même me les décrire physiquement, il a peut-être vu leur atelier ou suivi le reste de leur production. Il me dirait en tout cas ce qui lui a tant plu chez ces jeunes terroristes. Et quand je pose les yeux pour la millième fois sur l'*Essai 30*, j'aimerais qu'un autre, plus précis, plus passionné, me dise avec des mots simples ce que je ressens. Chemin aurait pu être celui-là, mais son regard a fui depuis longtemps dans un chromo des Everglades. Et je dois tout savoir, parce que derrière cette toile, il y a un fou, une âme tordue qui écrase les souvenirs, un coupeur de main et un fracasseur de crâne. Un gentleman au cutter. Un dément qui parle dans le noir. Et je le trouverai avant Delmas.

*

Sans doute pour me prouver que j'étais encore capable de sentiment pour des êtres vivants, et surtout pour tenter de resserrer des liens qui n'appartiennent qu'à moi avec des gens qui n'appartiennent qu'à moi, je me suis remis à la machine à écrire. Je me suis senti inspiré par un style pouvant traduire une langueur douce et

116

délicatement pastel, sans négliger pour autant un fort degré de réalisme. A savoir : l'impressionnisme.

Chez vous deux

Je ne vous ai pratiquement jamais écrit, et le sort a voulu que, si j'en prends la peine, aujourd'hui, ce n'est que d'une seule main. Je traverse des zones troubles, où vous êtes, malgré l'éloignement, mes seuls points de repère. Il faut laisser un peu de temps s'écouler, avant d'y voir plus clair. Je regrette le soleil, la mer, que vous n'avez jamais cherché à quitter.

*

Une voix d'homme.

— Galerie Europe, bonjour.

— Je voudrais parler à M. Delarge.

— C'est pour... ?

— C'est pour un entretien.

— ... Vous êtes journaliste ? C'est pour Beaubourg ?

— Non, pas du tout, je cherche des renseignements sur le Salon de la jeune peinture de 1964 et je crois qu'il y était. Vous pouvez me le passer ?

Léger flottement. S'il n'avait pas été là, on me l'aurait tout de suite fait savoir. Je me suis même demandé si...

— ... Heu... il ne reçoit que sur rendez-vous mais en ce moment il a beaucoup de travail. Qu'est-ce que vous voulez savoir, au juste... ?

J'ai senti le réflexe de défense. Aucun doute, il a beau parler de lui à la troisième personne...

— C'est difficile de s'étendre au téléphone. Je peux prendre un rendez-vous et venir à la galerie ?

— Vous ne le trouverez pas. Qu'est-ce que vous voulez savoir sur le Salon de la jeune peinture ?

— Le plus simple serait que je passe.

— Pas en ce moment ! Comment vous appelez-vous ?

— Je rappellerai plus tard.

J'ai raccroché avant qu'il n'ait le temps de refuser une troisième fois. Je pensais bien manœuvrer en téléphonant d'abord, et je me suis gouré. Je ne peux pas prévoir toutes les erreurs tactiques. Il ne me reste plus qu'à foncer illico là-bas, histoire de le cueillir à chaud, sans qu'il ait eu le temps de se retourner. Sa galerie est située dans le Marais, rue Barbette, pas trop loin de chez moi. C'est bien le comble, mais la tendance picturale gagne de plus en plus de terrain dans mon quartier. Beaubourg a fait des petits.

J'y suis en moins de cinq minutes, il n'a pas pu partir entre-temps. Au 59 il n'y a qu'une plaque « Galerie Europe », il faut passer sous un porche pour accéder à la salle d'expo. Dans la cour, au milieu de vieux immeubles, on reçoit en pleine poire le bleu très clair des deux étages qui jouxtent l'entrée C. La porte de la galerie est superbement conçue, verre et métal, une demi-tonne par battant, mais il suffit de l'effleurer pour l'ouvrir. A l'intérieur, presque rien. C'est la mode.

On privilégie le vide, on garde la pierre d'origine, à nu mais impeccablement remise à neuf, un sol gris éléphant, on dirait un glacis versaillais, une patinoire. Et puis, au loin, tout de même, quelques pièces accrochées avec élégance. Le bureau d'accueil est encastré dans un mur pour ne pas gêner la perspective. J'ai l'impression d'être absolument seul sur un îlot de modernité. Un naufragé baroque et mal fagoté dans un océan de dépouillement. Je feuillette le livre d'or et reconnais quelques signatures, les mêmes qu'à la galerie de Coste, la faune des vernissages. A côté il y a la liste de l'écurie Delarge, son catalogue d'artistes, et en parcourant les noms de ses poulains je comprends mieux pourquoi il n'a pas besoin de faire dans le tape-à-l'œil. Sa collection réunit au moins quatre ou cinq artistes parmi les plus cotés du moment. Il est évident que cet homme a autre chose à faire que perdre du temps avec des fouineurs de mon espèce. Et quand on a dans son écurie des types du genre de Lasewitz, Béranger ou Linnel, pour ne citer que ceux qui m'évoquent quelque chose, on fait la pluie et le beau temps dans les cotations. J'ai déjà accroché une pièce de Lasewitz, des cadres vides superposés pour suggérer un labyrinthe. Dix minutes pour les accrocher, trois heures pour comprendre l'ordre... Béranger fait des caissons lumineux, il photographie ses pieds, son nez, son ventre grassouillet, il en tire des agrandissements géants et les éclaire dans des boîtes bourrées de néons. La photo passe de 15 grammes à 120 kilos, et il faut six hommes pour la positionner avec des sangles. Linnel est aussi un nom qui me dit quelque chose, sans vraiment savoir ce qu'il fait. A priori j'ai l'impression qu'il fait partie des rares qui utilisent encore des couleurs et un pinceau.

— Je peux vous renseigner ?

Elle a surgi de derrière trois colonnes de parpaings qui font office de communication avec un bureau annexe. Une très jolie jeune femme aux cheveux roux clair et aux yeux bleus. Elle n'a pas le physique idéal pour éloigner les fâcheux.

— J'aimerais rencontrer M. Delarge.

Elle range les quelques dossiers sur le bureau, juste pour s'occuper les mains.

— Vous avez rendez-vous ?

— Non, mais on peut en prendre un tout de suite.

— En ce moment ce n'est pas possible, il prépare une exposition à Beaubourg, il est en plein accrochage.

A d'autres... Je regarde derrière les parpaings sans douter une seconde que Delarge y est planqué. Avec ce système de colonnes vaguement biseautées on peut contrôler les allées et venues dans la galerie en évitant de passer son temps dans la salle s'il n'y a personne.

Delarge m'a vu entrer. Je le sens là, pas loin, tapi. Qu'est-ce qu'il a à craindre ? J'ai été trop direct ? Je n'aurais peut-être pas dû parler de l'année 64. La trouille ? Ces stratégies commencent à devenir pénibles, impossible d'avoir un renseignement sans déclencher tout un processus de suspicion. Et moi je finis par entrer dans cette peur paranoïaque du trop dit et du pas assez.

— Repassez dans une quinzaine, et téléphonez d'abord. Il aura peut-être un moment.

Téléphoner? Non, merci. Maintenant je ne préviens plus.

— C'est quoi, comme expo, à Beaubourg?

— Linnel, un de nos artistes. Du huit au trente avril.

— Trois semaines? C'est la gloire... Ne va pas à Beaubourg qui veut...

En disant ça je revois bien la pancarte « Expo en cours de montage » aperçue à Beaubourg, et les deux accrocheurs sens dessus dessous.

Avec une petite nuance de satisfaction dans la lèvre, elle laisse échapper un : « hé non... ! »

C'est vrai. Pour un artiste vivant, c'est le panthéon. Après Beaubourg on ne peut plus espérer que le Louvre, quelques siècles plus tard.

— Laissez votre nom et vos coordonnées sur le livre d'or, je lui parlerai de votre visite...

Elle me tend le stylo et je ne peux pas m'empêcher de penser que c'est un geste malin.

— Je ne signe jamais les livres d'or.

Elle lance le stylo sur la table avec un ostensible mépris.

— Tant pis pour vous...

— En revanche je prendrais bien une invitation pour le vernissage de Beaubourg. Il faut absolument une invitation, non?

J'en suis sûr. Partout ailleurs on supplierait les gens de venir, mais au Musée National d'Art Moderne, on refoule du monde. N'est admis que le happy few de la crème du panier du dessus du gratin.

Elle hésite, fait semblant de chercher, regarde à la dérobée l'encoignure de parpaings.

— Une invitation... ? J'ai presque tout distribué... Je vais voir...

Elle disparaît derrière les colonnes, je tends l'oreille. Rien. Pas de chuchotements, aucun bruit, pas même un tiroir qu'on ouvre. Je m'approche des quatre toiles accrochées pour tenter d'élargir mon angle de mire. La fille ressort juste à ce moment.

— Non, désolée, j'ai tout donné...

Tu parles... Elle en a des dizaines, là-bas, juste à côté du mec accroupi par terre, qui se cache la tête sous une affiche.

— Ce sont des œuvres de Linnel, ça ?

Elle pouffe de rire. Je ne comprends pas pourquoi, et ça m'énerve.

— Non, il n'y a que celle du fond, à droite, les autres sont des œuvres qui font partie de la collection personnelle de M. Delarge. Il tient à les montrer au public, de temps en temps, au lieu de les enfermer dans un coffre. Elles sont faites pour être vues, n'est-ce pas ?

— C'est gentil de sa part, je dis.

Si j'avais lu les signatures au lieu de poser des questions idiotes... Il y avait vraiment de quoi se marrer. Une petite toile de Kandinsky, un collage de Braque, je ne connais pas le troisième, et c'est sans doute normal pour un type incapable d'identifier les deux premiers.

Avant de partir je lui demande si ce n'est pas

un peu pénible, parfois, de garder une galerie. Et je crois qu'elle a sincèrement réfléchi avant de répondre.

— Vous savez, un gardien, ce n'est pas ce qu'on croit. D'abord on ne « garde » pas, il n'y a pas de méfiance à avoir. Ce serait même le contraire. Vous vous imaginez être épié pendant que vous contemplez une œuvre d'art ?

J'ai éclaté de rire et lui ai tourné le dos.

*

Je n'ai pas vraiment le choix. Ce vernissage de Beaubourg est pour après-demain soir et je ne dois pas espérer coincer Delarge avant. Ni même après, il se débrouillera comme un chef pour m'éviter s'il en a envie. Quelque chose l'inquiète, et pour savoir quoi je dois lui demander, de visu, c'est tout. Il a réussi à placer un poulain à Beaubourg, et pour un marchand c'est plus qu'une victoire, c'est une apothéose. Sans parler de la manne, la mine de fric que ça va lui rapporter. Il y sera dès l'ouverture, à ce vernissage, vu que c'est lui qui invite. Ça va parler tarif, il y aura des dizaines d'acheteurs potentiels, ceux qui ont déjà et ceux qui n'ont pas encore de « Linnel » dans leur collection. Il y aura du beau linge, du bla-bla et des verres de champagne, et moi au milieu. Delarge ne pourra pas m'éconduire au milieu de tous ces gens. Il me suffira d'afficher un sourire bienveillant, pas agressif, voire mièvre, et je saurai à ce moment-là ce qui le rend aussi fébrile quand on parle des années passées.

— Allô, Liliane ?

— ... Antoine... Mais... Ça va ?

— J'ai besoin de quelque chose.

Allons-y franchement. Je suis lassé de tous ces méandres hypocrites.

— Coste est dans la galerie ?

— Non.

— J'ai besoin d'une invite pour l'expo Linnel, après-demain soir.

— On l'a reçue y'a deux jours, mais c'est celle de...

— De la patronne, je sais. Et je la veux. Je la veux. Je la veux vraiment. T'as qu'à jouer le retard de courrier. Elle l'a déjà vue ?

— Non, mais... Tu fais chier Antoine.

— Elle rentrera de toute manière, c'est pas le genre à rester bloqué à la porte de Beaubourg, la grande Mme Coste.

— Tu disparais, on entend plus parler de toi, et t'appelles quand t'as besoin.

— J'ai besoin.

— Tu passes la chercher ?

— Tu me l'envoies ?

— T'es vraiment con.

— Je t'embrasse... Et ça fait longtemps que je n'ai pas embrassé quelqu'un...

*

Deux jours d'attente. Non, même pas. De recul. Avec la trouille de recevoir un coup de fil de Delmas m'annonçant un truc capital, un sérieux progrès dans son enquête. Rien ne serait plus dramatique pour moi. Je ne suis pas sorti beaucoup. L'espace d'une heure j'ai cru pouvoir retourner à l'académie, persuadé de leur devoir une explication, à tous, Angelo, René, Benoît et les autres. Mais je n'ai pas osé.

Nous sommes mardi, 17 heures, et je reviens de chez le voisin qui m'a fait un nœud de cravate. Il n'a pas paru surpris. Pour le vernissage j'ai pensé que ma tenue habituelle serait un peu déplacée. Dans ce genre de réceptions on parle moins facilement à un clochard, moi-même je me méfierais d'un type qui porte une veste qui bâille à mi-cuisse sur un pantalon informe en velours vert. Ce coup-ci j'ai fait des efforts en ressortant ma panoplie des vernissages de chez Coste. Je me suis rasé avec une vraie lame, j'en avais envie. Sans me couper une seule fois.

On entre par la rue du Renard pour éviter les va-et-vient du parvis. Je montre mon carton à deux types habillés en bleu qui me souhaitent une bonne soirée. Je repense à tous les vernissages que j'ai fuis, chez Coste, sans même goûter au plaisir du travail accompli. Jacques m'en voudrait s'il me voyait ici, avec une cravate. Une espèce d'hôtesse me donne un dossier de presse puis m'indique les escaliers pour accéder à la salle d'expo. En haut, une trentaine de personnes, certains sont déjà en plein commentaire, comme s'ils avaient déjà fait le tour des murs. C'est

125

logique, le public des vernissages ne vient pas pour voir de la peinture, parce qu'il est presque impossible de visiter une expo dans un pareil brouhaha, avec des silhouettes qui obturent le champ de vision et des verres de champagne vides sur les rebords de cendriers.

En attendant le coup d'envoi des festivités, je vais me balader un peu dans le show, non pas pour voir ce que fait Linnel, non, ça je m'en fous un peu. Mais juste pour admirer, voire critiquer, le travail de l'accrocheur.

Des toiles de 1,50 m sur 2, des huiles. Gants blancs obligatoires. Beau boulot, excepté une pièce qu'il aurait fallu relever de 20 centimètres à cause de la plinthe un peu trop voyante. Et puis une autre, plus petite, qui aurait mérité d'être à hauteur des yeux. Dans une des salles je sens une urgence au niveau de la lumière, un spot qui fait une ombre un peu dégeulasse sur un bon morceau de toile. Autre détail fâcheux, mais inévitable : les malheureuses tentatives de camouflage des extincteurs. Aucune couleur au monde ne peut rivaliser avec le rouge vif de ces délicats instruments, c'est le drame des galeristes. Les cartels avec le titre et la date sont cloués trop près des toiles, Jacques s'arrangeait toujours pour les faire oublier. Sinon, rien à dire, belle exhibition. Avec mon collègue, il nous aurait fallu trois jours, maximum. On préférait la difficulté, à raison d'une astuce par œuvre, les bulles de verre qui tiennent en équilibre sur une pointe, les mobiles suspendus sans attaches apparentes, les chaînes de vélo au mouvement perpétuel, les fresques aux effets d'optique, tout ce qui est fragile, cassant, sybillin, délirant, drôle et pour tout dire, inaccrochable.

Le bar est ouvert, je le sens au subtil reflux qui s'amorce alentour. Je m'insinue dans la vague. Dans la salle du buffet, le bruit. Un concert loghorréen ponctué d'interjections et de rires discrets. Quelques têtes connues, des critiques, des peintres pas bégueules, un détaché du Ministère. Très lentement je pivote sur moi-même en branchant mon sonar. Et à quelques mètres du magma aggluti né autour des verres, je perçois un indubitable bip-bip. En parcourant le dossier de presse je tombe sur une photo prise à la Biennale de São Paulo, une brochette d'artistes posant en photo de classe avec un Delarge trônant debout à droite, comme l'instituteur. Il est là, en chair et en os, à quelques mètres, avec deux autres types un peu plus jeunes. Linnel est à sa droite. Il joue son rôle d'artiste au vernissage : serrer les mains qu'on lui tend, remercier les enthousiasmes divers sans se soucier de leur teneur en sincérité. Un artiste à l'honneur peut ne pas sourire et ne pas parler, c'est un de ses rares privilèges. Il doit cependant accepter les rendez-vous des journalistes mais préfère éviter les acheteurs, d'autres sont là pour ça. Alain Linnel semble jouer le jeu, mollement, un peu grave, un peu affecté, un peu ailleurs. On leur apporte des verres, je m'approche et stationne à un mètre d'eux, de dos, les oreilles grandes ouvertes, en faisant mine de me frayer une place vers le buffet.

J'ai de la chance. Très rapidement je saisis la situation, je ne m'étais pas gouré, le plus âgé c'est Delarge, il présente son poulain à un critique d'art, le dénommé Alex Ramey. Sûrement l'un des plus redoutés sur la place de Paris, le seul capable de ruiner une expo avec deux ou trois adjectifs, je me souviens d'un de ses papiers sur une expo de Coste. L'article était tellement incendiaire qu'un bon paquet de visiteurs étaient venus juste pour confirmer l'étendue du désastre.

Mais le critique aime, ce soir, et manifestement, il veut le dire à l'artiste, et bientôt, à ses lecteurs.

— Demain, pour l'interview, ça vous arrange ?

Légère hésitation, rien ne vient. Delarge, bourré de bienveillance et toujours radieux, insiste gentiment.

— Alors, Alain ! Tu vas bien trouver un moment, demain...

Toujours rien. Même pas un bafouillement. Je me retourne pour jeter une œillade sur une situation qui semble pour le moins tendue. Et là, je me rends compte que je me suis, aussi, un peu trompé.

— Non. Je ne trouverai pas un moment pour ce monsieur.

Boum. Pas prévu. Je dresse la tête en essayant d'imaginer celle d'un marchand comme Delarge aux prises avec un artiste capricieux qui s'offre le luxe de refuser une interview dès le lendemain du vernissage.

— Tu plaisantes, Alain...

— Pas du tout. Je ne répondrai pas aux

questions d'un individu qui m'a traité de « décorateur » il y a quatre ou cinq ans. Vous vous souvenez, monsieur Ramey ? C'était une petite expo à l'ancienne galerie, dans l'île Saint-Louis. Et toi aussi tu t'en souviens, mon bon Edgar, fais pas celui qui a tout oublié maintenant que je suis à Beaubourg. A l'époque tu l'avais traité de salaud, fais pas semblant...

Je rêve !

Dans mon dos, ça pèse des tonnes. Je profite d'un petit trou dans la troupe des buveurs pour saisir une coupe bien pleine. Que je descends en trois gorgées. Ramey est toujours là.

— Ecoutez, ne me faites pas le procès de la critique, on connaît la rengaine... Votre peinture a évolué et le regard sur votre travail aussi.

— C'est vrai, Alain... On ne va pas entrer dans un jeu de susceptibilités, reprend Delarge.

— Qui « on » ? Tu as toujours dit « on » pour dire « tu ». Ce monsieur peut me traîner dans la merde demain matin, il peut « nous » traîner dans la merde, ça me ferait plutôt plaisir. Sur ce, je vais me chercher une autre petite coupe.

Consternation. Delarge emmène Ramey par le bras et se lance dans une explosion d'excuses. Je saisis un autre verre et le vide cul sec. Jamais entendu ça... Je ne sais pas si j'éprouve un sentiment de jubilation cynique ou une vague inquiétude, parce qu'après un coup pareil, Delarge ne supportera pas la moindre question venant d'un emmerdeur de mon espèce. Le brouhaha s'accentue, le champagne continue à couler, la cohue s'agite sensiblement, Linnel serre d'autres mains en riant franchement, il n'a pas que des ennemis, je ne le quitte pas des yeux, un type un peu bedonnant lui tape sur l'épaule, il se retourne, lui serre la main et reprend sa conversation sans se soucier du nouveau venu qui reste comme deux ronds de flan. Et je connais cette tête, comme tout le monde ici, apparemment. Un peintre ? Un critique ? Un inspecteur ? J'ai envie de savoir, et sans la moindre gêne je demande à ma voisine de champagne si elle connaît l'individu. Franchement à l'aise, déjà éméchée, elle me répond comme si je débarquais d'une autre galaxie.

— C'est Reinhard... Vous avez vu passer du sucré ?

— Reinhard... Le commissaire-priseur ?

— Bien sûr ! Chez Dalloyau je préfère le sucré.

— Ecoutez, je vois un plateau, vers la gauche, si vous pouvez me ramener des pains de mie au saumon, on passe un marché.

Elle sourit, nous faisons l'échange, elle commande deux autres coupes pour faire passer le reste.

— Belle expo, elle me fait.

— Je ne sais pas, dis-je, la bouche pleine.

Elle éclate de rire. Ma manche droite est bien enfouie dans la poche. Au milieu de tous ces mondains ça peut passer pour une pause un peu snob. Un genre. Elle enchaîne fébrilement les mini-éclairs au café et j'en profite pour m'esquiver. Reinhard discute avec Delarge, encore fumasse. Ce coup-ci, je décris une parabole dans l'espace pour finir ma course devant la toile située le plus près d'eux. Je me souviens d'une conversation avec Coste sur la lignée des Reinhard, commissaires-priseurs de père en fils depuis que la profession existe. Il authentifie, estime et vend une bonne partie de ce qui défile à la salle des ventes de Drouot. Quel beau métier que celui-là. Donner des coups de marteau à dix mille balles, à longueur de journée. De quoi faire douter Jacques et toute sa boîte à outils.

Delarge, agacé, lui parle à mi-voix et je ne saisis qu'une phrase sur deux.

— Il fait chier, tu comprends... deux ans que je prépare Beaubourg... et la Commande Publique, avec tous les emmerdes qu'on a... !

Reinhard bougonne un truc inaudible.

Bon, résumons-nous, Delarge a des soucis avec un poulain qui a l'air de se cabrer facilement. Reinhard, autre pur-sang, mais dans un autre champ de courses, est dans la confidence. Tout ce beau monde est affligé et tout ça ne fait pas avancer mes affaires d'une seule longueur. Il faut que je me décide à coincer le marchand avant que son vernissage ne parte à vau-l'eau, lui faire cracher ce que je peux, et rentrer chez moi. Le champagne m'a un peu chauffé les tempes et la patience ne va pas tarder à me faire défaut. Reinhard s'éloigne en direction de Linnel, c'est le moment où jamais pour entreprendre Delarge. Je lui tapote le haut du bras, il se retourne et accuse un léger mouvement de recul. L'alcool, bizarrement, m'a facilité la tâche.

— Vous ne me connaissez pas et je ne vais pas

vous ennuyer longtemps, j'ai essayé de vous joindre à votre galerie pour parler avec vous d'un truc qui remonte à 1964. Le salon de la jeune peinture. J'ai lu dans un dossier de presse que vous y étiez, et je voudrais savoir...

Il détourne le regard, ses joues rougissent comme celles d'un gosse, ses mains tremblent comme celles d'un vieillard. Il m'a déjà cent fois envoyé rôtir aux enfers.

— Je ne peux pas vous... J'ai beaucoup de gens à voir... je...

Ce n'est pas mon coup de fil qui a pu lui foutre une trouille pareille. Il y a autre chose, c'est impossible de se mettre dans un tel état pour trois questions anodines. Je suis brusquement en train de me demander si je ne fais pas une lourde connerie.

— Vous avez parlé avec un groupe, ils étaient quatre, « Les Objectivistes », vous vous êtes intéressé à leur travail. Je voulais juste avoir quelques souvenirs, essayez de chercher...

— ... Les quoi ? ... 64, c'est loin... Peut-être... Il y a vingt-cinq ans... je commençais à peine... Le journaliste a sûrement dû confondre... De toute façon je n'allais jamais au Salon de la jeune peinture, ni même à la Biennale de Paris... Je ne peux pas vous être utile...

Je le retiens par la manche mais il se dégage et file sans rien ajouter. Il retourne vers Linnel et Reinhard. Ils ont cessé de me fixer quand je les ai regardés. Seul Linnel garde les yeux rivés sur moi et me détaille de pied en cap, j'ai la sale impression qu'il s'arrête au bout de mon bras

132

droit, enfoui. Il ricane ? Peut-être… Je ne sais plus sur quoi poser les yeux, une crampe me mord l'avant-bras, mais maintenant je sais que quelque part, dans cette cohue, il y a ce que Delmas appellerait : un foyer de présomptions. Un petit rire s'échappe de ma bouche. Un rire de noceur aviné qui réalise que la fête continue. C'est maintenant que l'angoisse me monte à la gorge. Delarge transpire le mensonge.

Tout à coup je me sens petit, infirme, j'ai peur de perdre ce qui me rendait fort, le bonheur d'éradiquer un coupable. Tout ce monde me dépasse, rien ne m'appartient, ici, ni la peinture ni les cravates, ni les mots compliqués ni le champagne, ni le bruit qui pérore, la moiteur parfumée et les molles poignées de main, ni les douleurs de l'art et ses conflits obscurs. Moi j'étais fait pour les poussières de velours, le silence qui effleure l'ivoire, les doux carambolages, l'exaltation d'Angelo, l'odeur du cigare, les vieillards à bretelles, la craie bleue et la lueur sereine, éternelle, au fond de mes yeux. C'est pour la retrouver, peut-être, un jour, que je dois rester encore un peu au milieu de ce fatras absurde.

On me bouscule, je n'ai même pas le temps de grogner, la fille fonce droit vers Delarge et se plante devant lui. De face, je ne sais pas, mais de dos on perçoit une détermination féroce. Elle parle fort, les trois types ne s'occupent absolument plus de moi. Belle diversion. Le visage de Delarge se décompose à nouveau. Mauvaise soirée. Cette pensée me réconforte et me redonne le souffle. Linnel éclate d'un tel rire que, cette fois, les conversations alentour ont cessé. Je m'approche à nouveau du buffet pour écouter, comme le reste de l'assistance.

— Votre vernissage ne m'intéresse pas, monsieur Delarge, mais puisqu'il faut venir ici pour vous avoir en face !

Pardon ? Combien on est, en tout, dans le même cas ?

— Je vous en prie, mademoiselle, choisissez votre moment pour faire un scandale, dit Delarge, le rouge aux joues.

— Scandale ? C'est vous qui parlez de scandale ? Mon journal publiera un dossier entier sur votre escroquerie !

— Attention à ce que vous insinuez, mademoiselle.

— Mais je n'insinue pas, je le crie à tous les gens qui sont ici !

Cette cinglée furieuse place ses mains en portevoix et hurle à la cantonade.

— Que tous ceux ici qui ont acheté une œuvre de Juan Alfonso, le célèbre cubiste, commencent par se faire du mouron !

— Et c'est bien fait ! ajoute Linnel, plié en deux.

Delarge lui jette un œil noir, il repousse la fille et fait des gestes vers les deux sbires de l'entrée qui ont rappliqué ventre à terre.

— C'est une folle, mon avocat va s'occuper de tout ça ! Fichez le camp d'ici !

Les deux types la soulèvent presque et la traînent vers la sortie. Je ne sais plus si je rêve ou si j'assiste à un happening du meilleur effet. Elle se débat et continue ses incantations infernales.

— La vérité sur Juan Alfonso, dans *Artefact* du mois de mai ! En vente partout !

La cohue s'est figée net, dans une seconde d'éternité. Les bouches béantes et muettes ne se referment plus, les coupes restent posées sur les lèvres, les bras en l'air, raidis de surprise, ne retombent plus. Une fresque de Jerôme Bosch, en trois dimensions.

Le seul qui sait encore parler, c'est Linnel.

— Formidable... Formidable... C'est formidable...

Sa provo n'a pas l'heur de plaire. Surtout à Delarge en qui on sent une redoutable envie de lui coller une baffe et de le traiter d'ingrat. Une nouvelle vague de gens s'étire doucement vers le buffet. On me sert une coupe d'office, sans doute parce que le consensus général en a besoin. Un scandale... Et, vu de ma fenêtre, un épisode formidable, comme dit Linnel. Delarge semble avoir plus d'une casserole au cul. Jamais entendu parler de ce cubiste dont le nom m'échappe déjà, ni de l'affaire sulfureuse qui l'entoure. Je me prends d'une certaine compassion pour cet homme, ce marchand d'art qui aurait dû triompher, ce soir, et qui n'arrête pas de se faire agresser par la presse, par son propre artiste, et par des fouineurs de mon acabit. J'aurais dû rester plus souvent aux vernissages.

Les conversations reprennent peu à peu. Des plateaux de petits fours regarnissent les tables.

— Formidable, hein, cette fille ? Transformer Beaubourg en musée Grévin, chapeau...

Ça s'est glissé dans mon oreille, et je me suis retourné d'un bloc.

Linnel, hilare.

Ce type est sûrement un peu atteint mentalement.

— Oui... Ça sentait le coup de pub, non ? Un coup de pub marrant, mais quand même, dis-je.

— Peut-être, mais j'aime bien les gens malpolis. On s'ennuie tellement dans ce genre de raouts. Et encore... moi je viens parce que je suis obligé — c'est moi qui ai fait tous ces trucs que vous voyez sur les murs — mais les autres ?

Prétentieux ? Faux modeste ? Je ne crois pas.

— Les autres ? Ils aiment bien ces trucs-là, c'est tout.

J'ai peur qu'il me demande ce que j'en pense.

— Et vous, ça vous plaît ?

Merde...

— Je sais pas. Si je devais en parler ce serait un peu malpoli.

Il rit, moi aussi, mais j'étrangle mon rire quand il passe son bras sous le mien. Le mauvais.

— Venez avec moi, je vais vous faire une petite visite perso.

Avant de nous engager dans les salles il fait le plein des coupes, m'en tend une, et je reste là, comme un con, coincé entre un verre tendu et une main étrangère nichée dans mes côtes.

Il m'oblige à trinquer, j'obéis et perds un peu l'équilibre. Il m'arrête devant une toile.

— Regardez celle-là, c'est une vieille, de 71.

Je ne sais pas ce qu'il me veut, si c'est une manœuvre mûrement réfléchie ou une nouvelle frasque d'artiste éméché. Il sait en tout cas que j'ai fait des misères à son marchand, et c'est peut-être ce qui lui plaît. En fait, c'est la première fois que je jette un œil sur son boulot. Je suis allé trop vite, et, tout à l'heure, je n'ai rien vu. J'ai toujours tendance à préférer les cadres à ce qu'il y a dedans. De longs coups de pinceau d'un vert un peu sale, on sent que les jets ont été tirés droits et cassés en bout de course. Ensuite il a recouvert le tout d'un blanc qui scelle toute la surface. Je ne sais pas vraiment quoi en penser. C'est de l'abstraction pure. C'est tout.

— Ça vous parle ?

— Un peu, oui... Vous savez, je n'y connais rien...

— Tant mieux, les spécialistes me gonflent. Et justement, j'aimerais bien qu'un type comme vous me dise, ce soir, ce qu'il en pense. Alors, ça vous évoque quelque chose ?

— Adressez-vous à quelqu'un d'autre. Moi je ne me fie qu'au plaisir primaire et rétrograde de la rétine. C'est ce que disent tous les frileux, et j'en suis. En gros, voilà, je ne sais pas différencier un bon tableau d'un mauvais. Vous avez un tuyau ?

— Oui, c'est simple, il suffit d'en avoir vu quelques milliers avant, c'est tout. Alors, ça vous évoque quelque chose ?

— Bah... En cherchant bien... Ça pourrait me faire penser à une mère qui protège sa fille sous son manteau parce qu'il pleut.

— … ?

Je l'ai dit avec un tel accent de vérité qu'il ne rit même pas. Ça m'est venu comme une impulsion. Il fait une drôle de gueule. Finis l'ironie, le cynisme, et le pied de nez à la parade de l'art.

— Bon, o.k., chacun y voit ce qu'il veut. Moi je ne pensais pas à ça en le faisant mais... bon... j'ai rien à dire. Et vous savez combien ça coûte ?

— Si vous êtes un type qu'on présente à Beaubourg, ça doit coûter la peau du cul.

— Plus que ça. Celle-là, 125 000. Une nuit de boulot, dans mon souvenir.

Raté. Ça ne m'impressionne pas. Une fois j'ai vu entrer à la galerie un monticule de canettes de bière vides pour le double.

— Et combien pour le marchand ?

— Trop. La règle c'est fifty-fifty, mais nous, on a un arrangement spécial.

— Et vous travaillez la nuit ?

— Ah ça oui, et je suis l'un des seuls peintres au monde à aimer la lumière artificielle. Ça me fait la surprise, au petit jour...

Au passage il hèle un type en veste blanche qui revient une minute plus tard avec du champagne. Il veut trinquer de nouveau. Un couple s'approche de nous, la femme embrasse Linnel et l'homme en fait autant. L'artiste prête ses joues sans enthousiasme.

— Oh Alain, c'est génial, t'es content ? C'est vraiment fort, on sent un souffle, tu vois, les pièces dialoguent vraiment bien, c'est splendide.

Il les remercie, comme s'il avait une pince à

linge sur le nez, et m'entraîne ailleurs. Ce type est fou.

— Qu'est-ce que ça veut dire, « les pièces dialoguent », je demande.

En fait je le sais mieux que personne, c'était le terme qu'employait Coste. Mais c'était juste histoire de le faire parler.

— Rien. Si on se met à écouter ces conneries...

— N'empêche... Ça m'impressionne, les gens qui possèdent le code verbal. Sans ça, on arrive à rien.

— Ah vraiment ? Moi je hais tous les jargons. André Breton disait : un philosophe que je ne comprends pas est un salaud ! Il m'arrive souvent de rire aux larmes en lisant les doctes articles sur ce que je barbouille. Vous savez, la peinture contemporaine s'y prête beaucoup mieux que la musique, par exemple. Qu'est-ce qu'on pourrait bien dire sur la musique, hein ? Les critiques d'art ne parlent pas de ce qu'ils voient, ils cherchent à rivaliser d'abstraction avec la toile. Ils le disent eux-mêmes, d'ailleurs.

J'en ai lu un paquet, de catalogues incompréhensibles.

— N'empêche... ça m'impressionne.

— Eh bien, rien de plus facile, on se balade en douce au milieu des visiteurs et je vous fais une traduction simultanée, o.k. ?

Le champagne me fait ricaner. Mon cerveau doit commencer à ressembler à une émulsion de brut impérial.

— O.k.

J'ai beau être un peu ébrieux, je n'oublie rien.

Ni Delarge ni mon moignon. Quoi qu'il ait en tête, Linnel est peut-être un joker à mettre de mon côté.

Sans vraiment chercher nous passons à portée de deux femmes passablement âgées, dont l'une est particulièrement en verve. La fumée d'un clop au coin du bec lui ferme l'œil gauche.

— Tu sais, Linnel c'est souvent le jeu des équivalences chromatiques, m'enfin... on cherche l'implosion...

Aparté de Linnel :

— Celle-là, elle veut dire que j'emploie toujours les mêmes couleurs, et « implosion » ça veut dire qu'il faut regarder les toiles longtemps avant qu'il se passe quelque chose.

La vieille reprend :

— On sent toute la matité de la surface... Et y a une émergence, là... elle crève le voile...

Linnel :

— Elle dit que le blanc cassé est une couleur fade et qu'on voit ce qu'il y a au travers.

J'ai l'impression que l'expo se remplit de plus en plus. Les deux vieilles s'éloignent, mais d'autres les remplacent, un couple dont la femme n'ose rien dire avant que le mec n'ait parlé. Il hésite, comme s'il était résolument astreint à émettre un avis.

— C'est... C'est intéressant, il dit.

Linnel, saûmatre, se retourne vers moi.

— Lui, c'est pas compliqué, il veut dire que c'est nul.

Je ris à nouveau, et cette fois, de bon cœur. Il a un style qui me plaît bien, celui de l'artiste désabusé qui se fout du décorum et du carnaval prétentieux qui gravite autour de tout ce qu'on érige en dogme. Tout sauf ce qu'il fait, seul, chez lui. La barbouille. Le sacré dont il ne parle pas. Ces moments que j'ai connus où l'on se sent l'auteur, l'acteur et le seul spectateur. Voilà où j'arrive à le comprendre. On sent chez lui le jouisseur solitaire.

— Et si on allait se déchirer la trogne ? me demande-t-il, parfaitement sérieux.

— On y va ! j'ai dit, sans même m'en rendre compte.

Je me demande bien où il a pêché ce vocabulaire, j'ai l'impression d'entendre René. Linnel serait-il un fils prodigue et prolo qui aurait commencé à peindre avec de l'antirouille des paysages de terrain vague de banlieue et des natures mortes de mobylettes pétées ? Je ne sais pas si c'est le champagne où l'ironie douce de ce mec, mais je me sens beaucoup mieux qu'en arrivant.

On trinque.

— Ton marchand, il a une commande publique sur le dos ? C'est peut-être indiscret...

— Indiscret ? Tu rigoles... C'est dans tous les journaux, une putain de fresque qui va faire la façade d'un ministère. Et puis c'est pas lui qui a une commande publique sur le dos, c'est moi.

Je siffle un grand coup.

— ... Toi ? Mais c'est l'année Linnel ! Beaubourg plus une commande publique ! C'est la gloire ! La fortune !

— Tu parles, trente mètres carrés... et je sais

141

vraiment pas quoi leur mettre... Ils veulent inaugurer en 90.

— Tu t'y es mis ?

— Oui et non... J'ai une vague idée... Ça va s'appeler « Kilukru », une bite de 80 mètres qui sort de la façade, dans les tons rose et parme. Mais serais-je bien perçu par le Ministre ?

Pendant une seconde j'ai cru qu'il était sérieux. Delarge a de quoi se ronger les sangs avec un dingue pareil. Je crois comprendre un peu mieux ce qui se passe, le pauvre marchand est tributaire d'un artiste qui, en pleine gloire, peut se permettre de faire le con. Si ses toiles de un mètre sur deux sont déjà surcotées, je n'ose imaginer le prix de la fresque.

— Je vais chercher à picoler, tu m'attends ?

Je fais oui de la tête. Dans mon oreille gauche vient claquer un « Bonjour ! » qui m'assourdit.

Coste.

— J'arrive un peu tard, on m'a fait des difficultés à l'entrée, j'ai égaré mon carton... Comment allez-vous ? Je ne savais pas que vous veniez aux vernissages de Beaubourg. Vous connaissez Linnel ? Je veux dire... Vous le connaissez personnellement ?

Elle a dû me voir en train de boire avec lui. Et ça doit l'intriguer Coste, que l'ex-accrocheur de sa galerie trinque avec un artiste de Beaubourg.

— Je ne le connaissais même pas de nom avant d'arriver ici. Et vous aimez ce qu'il fait ? je demande, avant qu'elle ne le fasse.

— Oui, beaucoup. Je suis son travail depuis quatre ou cinq ans et j'ai...

Je suis ivre, il faut se rendre à l'évidence. Et donc peu patient. J'attends qu'elle ait fini sa phrase pour embrayer sur un autre sujet. La mère Coste est une encyclopédie vivante, et je ne dois pas louper cette occasion.

— Vous connaissez Juan Alfonso ?

Surprise que je passe du coq à l'âne, elle fronce les sourcils.

— ... Heu... Oui, vaguement, mais je n'ai pas beaucoup d'informations... C'est un cubiste dont personne n'a entendu parler jusque très récemment. 150 pièces de lui ont été vendues à Drouot, c'est tout ce que je sais. Vous vous intéressez au cubisme ?

— Non.

— Quand viendrez-vous retravailler avec nous ?

— J'ai une ou deux affaires à régler d'abord, ensuite je verrai.

— Vous êtes au courant de ce qui s'est passé au dépôt ?

— Oui, j'ai vu le commissaire Delmas.

Linnel revient avec une bouteille et serre la main de Coste. Ils échangent quelques politesses, rapides, et elle s'éloigne vers les salles en s'excusant de ne pas avoir vu l'expo.

— Tu vois cette nana-là, fait Linnel, c'est un des rares individus vraiment sincère dans ce milieu. Elle n'a pas attendu que je sois ici pour aimer mon boulot.

Je suis content qu'il le dise. Je m'étais toujours douté que mon ex-patronne aimait vraiment son domaine.

— Bon, assez déconné, on a pris du retard, sers-nous un verre! dit-il en me tendant la coupe et la bouteille.

Et là j'arrête de rire. Sans savoir s'il faut prendre tout ça à la rigolade. Ou bien repiquer du nez dans le désert de rancœur.

— Je ne... Je préfèrerais que tu serves...

Pour clarifier la situation, je sors la manchette de ma poche et lui montre le moignon. Ce geste est devenu malgré moi l'estocade de ma dialectique. Il hésite un peu, avant de réagir.

— Ça doit être pratique pour tomber sur les gens à bras raccourci...

— ...?

Il n'aurait pas dû dire ça. En une fraction de seconde j'ai vu mon verre s'écraser sur sa gueule. J'ai hésité. Delarge attrape son protégé par l'épaule. C'est trop tard.

— Alain, on a besoin de toi pour des photos, vous nous excusez, me dit-il avec un sourire qui ferait passer le baiser de Juda pour une petite tendresse.

— J'ai pas le temps, Edgar, tu vois bien que je discute avec mon ami. Et mon ami est un amateur d'art éclairé! Un vrai de vrai!

Delarge se mord la lèvre.

— Arrête, Alain... AR-RE-TE... Tu vas trop loin...

— Occupe-toi de tes invités, tu as toujours su faire ça mieux que moi...

— Ton... ami peut se passer de toi une minute. Et ça lui évitera de poser trop de questions.

144

Un court instant s'est écoulé avant que je réalise vraiment ce qu'il était en train de dire.

Et, dans mon esprit embrumé, j'ai trouvé que c'était une phrase de trop. Les salles m'ont parues vides, je n'ai pas vu le temps passer. J'ai fermé les yeux et j'ai vu quelques nuages noirs et informes courir dans mes paupières. Lentement j'ai levé les bras, et mon poing a terminé son arabesque dans la gueule de Delarge. Il fallait que ça sorte. Je l'ai empoigné par le col pour cogner ma tête contre la sienne, deux, trois fois, son nez a éclaté mais mon cri a couvert le sien, puis des coups de genou, des coups de pied, je me suis libéré d'une hargne accumulée depuis trop longtemps. Il est tombé, pas moi, j'ai trouvé ça plus commode, j'ai visé la tête avec la pointe de ma pompe, juste un dernier, définitif...

Pas eu le temps, deux types m'ont écarté de lui pile à ce moment-là, et j'ai hurlé de ne pouvoir assouvir ça. Le plus proche de moi a reçu le coup, dans le tibia, il s'est plié, l'autre m'a agrippé et m'a plaqué à terre, le moignon a dérapé et ma gueule s'est écrasée contre la moquette. Un coup de poing dans la nuque l'a écrasée un peu plus. On m'a empoigné par les cheveux et on m'a forcé à me relever.

Quelqu'un a parlé de police.

Dans un coin, j'ai vu Linnel, se verser un verre.

Delarge, encore à terre, a hurlé un ordre.

Celui de me foutre dehors.

Les deux types, ceux qui gardaient l'entrée, m'ont pris chacun un bras, tordu dans le dos, et m'ont traîné jusque dans la rue du Renard. L'un des deux, dans un dernier soubresaut m'a tiré par les cheveux pour faire pivoter ma tête.

J'ai vu une grande bande de nuit avant de recevoir le tranchant de sa main en pleine gueule.

— Espèce d'éclopé, va...

*

Il a fallu attendre longtemps, je ne sais plus, vingt bonnes minutes, pour qu'un taxi héroïque s'arrête devant cette loque en cravate, assise, la tête dans les étoiles, en attendant que son nez veuille bien se tarir. Avant d'ouvrir la portière, il m'a tendu une boîte de Kleenex.

— On va dans une pharmacie ?

— Pas la peine.

— Où, alors ?

J'ai déjà réfléchi à ça pendant que je dessaoulais, allongé sur les grilles d'aération de la station Rambuteau. Dans mon étui de carte orange j'ai retrouvé l'adresse du seul type de ma connaissance qui sache vraiment faire les pansements. Mon nez me fait mal, et je ne le laisserai qu'entre les mains d'un médecin. A cette heure-ci, j'espère qu'il n'est pas marié.

— Rue de la Fontaine aux rois.

— C'est parti.

Je jette la petite boule rouge et gluante qui ne retient plus rien et arrache une nouvelle poignée de mouchoirs.

— Je fais attention aux sièges, dis-je.

— Oh je suis pas inquiet, ç'aurait été de la

gerbe je vous aurais pas chargé. Le vomi, je supporte pas.

Durant tout le trajet il n'a pas cherché à savoir pourquoi mon nez pissait et m'a laissé au seuil du 32. J'ai apprécié la qualité de son silence.

Briançon 4ᵉ gauche. La cage d'escalier sent la pisse et la minuterie ne marche pas. Derrière sa porte j'entends une faible musique, du hautbois, peut-être. Je sonne.

— Antoine... ?

Mon plastron rougeâtre m'évite de parler, j'entre.

— Mais qu'est-ce que... ! Asseyez-vous.

Je garde les yeux en l'air, il me fait asseoir, tourne un peu dans la pièce et revient avec tout ce qu'il faut pour me nettoyer la figure.

Une compresse m'enflamme le nez.

— Il est cassé ? je demande.

— S'il était cassé vous le sauriez.

— Il résiste bien, avec tout ce qu'il a reçu cette année...

— Vous vous êtes battu ?

— Oui, et ça m'a fait du bien. Vous aviez raison, docteur, avec un peu de volonté on peut vraiment surmonter un handicap, j'en ai étalé deux, comme de rien. Comme si j'étais entier. Et quand j'étais entier je n'étalais jamais personne.

— Vous vous croyez drôle ?

En attendant que mon nez soit colmaté nous sommes restés silencieux, un bon quart d'heure. Ensuite il m'a enlevé veste et chemise pour me rhabiller avec un sweat-shirt propre. J'ai tout accepté, docile, sauf le verre d'alcool.

— J'attendais que vous passiez me voir, dit-il, mais dans d'autres circonstances.

— Mais je pense à vous souvent. Je fais des progrès.

— Si vous voulez vraiment faire des progrès, venez plutôt me voir à Boucicaut. Là-bas vous avez tout un appareillage de rééducation, il vous suffirait de trois mois.

— Jamais. Ça viendra tout seul, c'est comme l'amour. On vient juste de faire connaissance, et pour l'instant, entre ma gauche et moi, c'est le flirt, timide. Ensuite viendra la confiance, l'entraide, et un jour le couple sera soudé et fidèle. Faut le temps.

— Du temps perdu. Vous avez trouvé un travail ?

— Un flic m'a déjà posé la question.

Il marque un temps d'arrêt.

— On a retrouvé votre agresseur ?

— Pas encore.

— Et il y a un rapport avec ce qui s'est passé, ce soir ?

Pendant un court instant j'ai hésité à tout lui déballer, en bloc, pour me défouler. Si je ne m'étais pas fait casser la gueule je lui aurais sûrement déversé tout le fiel que j'ai dans le cœur.

— Pas du tout. J'étais ivre et j'ai abusé de la patience de gens plus forts que moi. Mais je n'aurais raté ça pour rien au monde.

Long silence. Le toubib me regarde autrement et secoue doucement la tête.

— Vous encaissez trop bien, Antoine.

— Je peux dormir ici ?

— ... Heu... Si vous voulez. Je n'ai que ce canapé.

— Parfait.

Après m'avoir sorti draps et oreiller, nous nous sommes salués.

— Vous claquez la porte en partant, je sortirai sûrement avant vous. Venez me revoir bientôt, et n'attendez pas d'avoir le visage en sang.

Je n'ai rien ajouté. Quand il a fermé la porte de sa chambre, j'étais sûr de ne plus jamais le revoir.

*

Le sommeil a mis du temps à venir, pour s'enfuir très vite. Vers les cinq heures du matin je suis parti sans même prendre la peine d'écrire à Briançon un mot de remerciement. J'ai pensé que l'air de la nuit me ferait du bien et que mon nez avait besoin d'un peu de fraîcheur. En traînant le pas, je peux rejoindre le Marais en une demi-heure en remontant la rue Oberkampf. Plus qu'il n'en faut pour imaginer comment je vais vivre la journée à venir. Le toubib a raison, je me sens plutôt bien, presque tranquille, et je ne devrais pas. J'ai déjà oublié les coups, ceux que j'ai donnés et ceux que j'ai reçus. Un jour j'y perdrai mon nez et ça ne me fera pas plus d'effet que ça.

Une main, un nez, une santé mentale, au point où j'en suis...

Delarge est une ordure et Linnel, un fou. Mais, à choisir, j'ai bien fait de cogner sur le premier. Et je vais sûrement recommencer, bientôt, s'il ne me dit pas ce qu'il sait sur les Objectivistes. C'est la différence entre Delmas et moi. Delarge aurait toujours moyen d'amuser un flic, avec ses avocats et ses relations. Il faudrait qu'il soit sérieusement dans la merde pour se sentir inquiété. Et moi, contre lui, je n'ai que ma main gauche. Mais, apparemment, elle répond de mieux en mieux.

J'ai monté l'escalier, en nage, essoufflé, les jambes lourdes. Il n'y a pas que mon bras qui s'atrophie. Dans un coin de mon bureau j'ai vu une feuille blanche enroulée dans le chariot de la machine, et je me suis senti inspiré. Cette fois, après le trop plein absurde que je venais de vivre, j'ai eu envie d'images brutales et disparates. Une juxtaposition arbitraire d'éléments qui finissent par créer une violence non sensique. Le surréalisme.

Chers vous deux

Désormais ma vie est belle comme la réunion d'une coupe de champagne et d'un moignon sur une toile brûlée. Viva la muerte.

Je me suis allongé, juste pour un moment, mais le sommeil m'a cueilli à chaud et j'ai glissé dans l'oubli.

En buvant une tasse de café j'ai parcouru le dossier de presse que l'hôtesse m'a donné. Rien de très nouveau, excepté un petit paragraphe sur l'historique des rapports entre le marchand et l'artiste. On y croirait presque :

« *Edgard Delarge, s'intéresse au travail d'Alain Linnel dès 1967, et c'est plus qu'une découverte : une passion. Il fera tout pour imposer le jeune artiste. C'est aussi l'histoire d'une amitié de vingt ans. Alain Linnel a prouvé, lui aussi, sa fidélité, en refusant les propositions des plus prestigieuses galeries.* »

Le téléphone a sonné. Ma mère. Elle veut faire un tour à Paris, seule. Ça tombe mal, j'ai prévu de partir quelques jours à Amsterdam avec un copain. Ce serait dommage de se louper. Elle va remettre ça pour le mois prochain. Je t'embrasse et je t'écris.

Et pour l'instant, je n'ai toujours que l'en-tête.

Depuis hier, Delarge peut me compter parmi ses ennemis. Linnel en est un autre, à sa manière, mais ce n'est rien en comparaison de l'acharnement de cette fille, la journaliste d'*Artefact*. Elle m'a presque volé la vedette, hier, avec son réquisitoire public. J'ai passé une bonne partie de la journée à essayer de l'avoir au téléphone, à son journal, et manifestement je n'étais pas le seul. En fin d'après-midi elle a daigné répondre, dans le même état d'agressivité que la veille.

— Bonsoir mademoiselle, j'étais au vernissage, hier soir et...

151

— Si vous faites partie du clan Delarge vous pouvez raccrocher tout de suite, deux avocats dans la même journée, ça suffit, je sais ce que c'est que la diffamation...

— Non, pas du tout, je voulais...

— Vous faites partie des pigeonnés ? Vous avez acheté un Alfonso et vous vous posez des questions ? Achetez l'*Artefact* du mois prochain.

— Non plus, je vous...

— Alors qu'est-ce que vous voulez, dites-le ! J'ai pas que ça à faire !

— Vous pourriez la boucler une seconde, merde ! Moi aussi on m'a traîné dehors, hier soir, et je pissais le sang, et Delarge aussi ! Ça vous suffit ?

Légère stupéfaction à l'autre bout. Elle s'est raclé la gorge, une ou deux fois. Sa voix s'est un peu blanchie.

— Excusez-moi... J'étais venue avec un copain du journal à qui j'ai demandé de rester jusqu'au bout. Il m'a raconté la bagarre... C'est vous ?

— Oui.

— C'est à propos du cubiste ?

— Non. Enfin... je ne pense pas...

— On peut se voir ?

Deux heures plus tard nous sommes assis face à face dans un bar situé pas loin de chez moi, « Le Palatino », le seul endroit du quartier où il fait bon se perdre après minuit. Elle s'appelle Béatrice, et hier, elle ne m'a pas laissé le temps de voir son beau visage de brune piquante, ses formes arrondies et encore moins son sourire.

Pour qu'elle le garde le plus longtemps possible, j'ai coincé mon mauvais bras le long du torse.

— Je suis contente que vous m'ayez appelée, j'ai regretté de ne pas pouvoir le faire quand on m'a raconté la fin du vernissage. Tout ce qui peut nuire à Delarge me concerne.

— Heureusement que les critiques d'art ne sont pas tous comme vous.

— Ce n'est pas vraiment mon boulot, je laisse ça aux plumitifs. Vous avez déjà compris quelque chose, vous, à la critique d'art ?

Depuis hier, oui, un peu plus, et grâce à Linnel. Mais je réponds non.

— Moi non plus. La seule chose qui m'intéresse, c'est le fric. L'Art contemporain n'existe pas sans fric, je me suis toujours demandé pourquoi une toile qui représente trois ronds bleus sur fond beige pouvait passer de 0 à 100 briques d'une année sur l'autre. Enfin... je schématise... Je me suis spécialisée dans les cotations, et c'est passionnant. J'adore mon boulot.

— Comprends pas...

— Vous avez déjà lu *Artefact* ? J'ai une pleine page tous les mois, je fais une sorte d'argus où j'essaie de parler de tout ce qu'on cache habituellement, et ça m'attire pas mal d'ennuis, les arnaques, la flambée des cours, les estimations un peu douteuses, les fluctuations selon les modes.

— Alfonso ?

Je suis allé trop vite, elle l'a senti.

— Je parle, je parle... Mais vous ne dites rien. J'ai mis un an à monter mon dossier sur Alfonso,

153

ce n'est pas pour me le faire souffler quinze jours avant de le publier.

— Avec moi, rien à craindre, je ne suis pas journaliste et la peinture me désintéresse profondément.

— Alors, quoi ? Pourquoi Delarge ?

J'ai senti qu'on s'engageait dans un jeu de méfiance, à celui qui en saurait le plus en disant le moins. Et ça risquait de nous retarder.

— Delarge cache des choses qui n'ont peut-être rien à voir avec votre histoire de cubiste. On fait donnant-donnant, je vous raconte mon histoire et vous me parlez de votre dossier. On se rejoindra peut-être quelque part. Je commence, si vous voulez...

Et elle m'a laissé terminer, silencieuse, grave et sans le plus petit sourire. Je n'ai rien oublié, je crois. Le gentleman au cutter, l'hôpital expédié en deux phrases, Delmas, le dépôt, les Objectivistes dont elle n'a jamais entendu parler, la mort de Nico, le tract, et Delarge. Je n'ai pas parlé du billard et de mon avenir perdu, elle n'aurait pas compris. Je n'ai pas pensé aux conséquences. Pour conclure, j'ai ostensiblement posé mon bras sur la table et ses yeux ont cherché les miens.

Pour marquer un temps, je lui ai proposé un autre verre de Saumur Champigny.

Et tout à coup j'ai réalisé que je parlais avec une fille. Une jeune femme, même. En détaillant à nouveau ses courbes et son visage lisse, des réflexes me sont revenus. Une sorte de retenue, une gestuelle polissée et parfaitement hypocrite

154

vu que, une seconde plus tard, elle s'est levée pour prendre un paquet de cigarettes au comptoir, et que j'ai tout fait pour regarder ses jambes. Toutes les contradictions y sont, je me reconnais, enfin. Nous avons bu, sans un mot, en attendant que l'autre se décide à parler.

Ce fut elle.

— Je vais avoir l'air bête, avec mon histoire de cubiste...

Elle s'est mise à rire, gentiment, et j'ai reposé mon bras sur le genou. Pudeur à la con.

— Vous avez entendu parler de Reinhard ? demande-t-elle.

— Le commissaire-priseur ? Il était là, hier.

— Je sais. Il y a presque deux ans, Delarge a proposé à la vente la production quasi complète d'un dénommé Juan Alfonso, peintre cubiste parfaitement inconnu. Pour ce type de vente on est forcé de passer par un commissaire-priseur qui est censé authentifier, définir les mises à prix et présenter les œuvres aux acheteurs de Drouot en publiant un catalogue. Reinhard s'en est occupé avec tellement de talent et de professionnalisme que 150 pièces ont été vendues en deux jours.

Coste n'était pas trop mal renseignée.

— Des collages, des toiles, des petites sculptures mignonnes comme tout, typiquement cubistes, plus cubistes que cubistes, vous voyez ce que je veux dire. Le catalogue est, à lui seul, un petit chef-d'œuvre d'ambiguïté, on ne donne aucune date précise sur la carrière d'Alfonso, on ne sait qu'avancer des hypothèses, tout au conditionnel. Et ça suffit pour bluffer une clientèle plus mondaine qu'autre chose. Tout le monde est content, sauf Juan Alfonso, qui n'a jamais existé.

— Pardon ?

— Alfonso est un attrape-gogo tout droit issu de l'imagination d'Edgar Delarge. C'est beaucoup plus habile et plus lucratif qu'une simple affaire de faux. Il fait faire les œuvres par un spécialiste du cubisme, et cinquante ans plus tard je vous assure que ce n'est pas une gloire. Reinhard fait monter la sauce et le tour est joué. Dans mon dossier, j'ai des témoignages d'experts et la reconstruction exacte du scénario qui leur a servi à monter leur coup. Delarge et Reinhard sont deux escrocs. Avec ce que j'ai là, ils vont tomber.

Je suis largué. A l'heure actuelle je ne sais plus ce que les jeunes femmes ont en tête...

— Vous ne craignez rien ? Et si vous vous êtes trompée depuis le début ?

— Impossible. Vous ne devinerez jamais comment a démarré mon enquête, c'est en lisant le catalogue avec un copain, il y a avait la reproduction de deux collages, l'un daté de 1911, l'autre de 1923, et on retrouve dans les deux le même papier peint, à douze ans d'écart ! Et il y a d'autres bourdes de ce style. Ce qu'il me manque, c'est le nom du faussaire.

— Vous pensez qu'un de ses artistes a pu lui rendre ce service ?

— Franchement je ne sais pas.

J'ai pensé à un individu, cynique et fielleux, celui qui passe son temps à ricaner de son bienfaiteur. Et mon cœur s'est mis à battre.

— Ça pourrait être Linnel ?

— Je ne pense pas. Ce serait trop beau, pour mon dossier. Quand on fait une expo à Beaubourg on ne se mouille pas dans une histoire pareille.

Je lui ai posé cent questions, désordonnées et fébriles, j'ai tenté par tous les moyens de mêler nos histoires, Morand, Alfonso, Les Objectivistes, et tout s'est embrouillé dans ma tête.

— Ne vous énervez pas, les deux affaires n'ont peut-être rien à voir.

— Ecoutez... j'ai dit, sans savoir la suite.

Elle a attendu, presque irritée, que je formule quelque chose de cohérent. Et j'ai trouvé.

— Je vous propose un marché. Vous me fournissez des renseignements et moi, je m'occupe de Delarge.

— Hein ?

— On peut faire équipe, tous les deux. Vous êtes journaliste, on vous laissera entrer là où je n'ai pas accès. Vous cherchez toutes les connections possibles entre Linnel et Morand.

— Vous êtes marrant. Qu'est-ce que j'y gagne, moi ? Et je vais où, d'abord ?

— Aux Beaux-Arts. Ils en sont issus, tous les deux, et apparemment à la même époque.

— Et vous, vous faites quoi, en attendant ?

— Moi ? Rien. J'attends gentiment. Mais s'il a le moindre rapport entre votre histoire et la mienne, vous aurez tout à y gagner. J'irai négocier avec Delarge.

— Négocier quoi ?

— Une interview. Le genre d'interview que vous ne ferez jamais.

Elle a changé de regard. La jeune journaliste fonceuse commence à émettre de sérieux doutes sur mon état mental. Je l'ai enfin trouvée belle, peut-être un peu vulnérable, et ça a remis un zeste de normalité dans la conversation. Elle a réfléchi, à toute vitesse.

— Vous allez trop loin pour moi... Vous êtes cinglé... Et qu'est-ce qui me prouve que vous ne m'oublierez pas ?

Elle n'a pas attendu de réponse. Elle a juste continué en baissant d'un ton.

— Je veux connaître le nom du faussaire. Fouillez partout, faites-lui cracher une preuve, une preuve écrite, quelque chose que je pourrai publier. Après la parution du dossier il y aura un procès, on me l'a assez promis, et ça sera une pièce de plus à montrer à la police. Une preuve irréfutable. Mais ce n'est pas tout, je veux encore autre chose.

Là, c'est moi qui l'ai regardée d'un autre œil.

— Je veux l'exclusivité de votre affaire. Tout. Je veux être la première à en parler. Je sens déjà le dossier de septembre. J'irai aux Beaux-Arts demain. Appelez-moi, chez moi.

Je l'ai quittée sans savoir lequel de nous deux était le plus acharné.

*

Je n'ai pas eu besoin de donner le rituel coup de pied dans ma porte, elle s'est ouverte dès le premier tour de serrure, et ça m'a fait froid dans la main. Je ne ferme plus au verrou mais je n'oublie jamais le second tour du bas. J'ai attendu, sur le seuil, que quelque chose se passe. Du couloir j'ai allumé le plafonnier à tâtons en risquant un œil à l'intérieur.

Rien. Aucun bruit, aucune trace de visite. Le désordre qui couvre la table ressemble au mien, les placards sont fermés. Ma main tremble encore et des frissons me parcourent le dos quand j'entre dans le studio. J'allume toutes les lampes, j'ouvre la fenêtre, je parle haut. La montée d'adrénaline m'a un peu étourdi, je m'assois sur le bord du lit. Il n'y a rien à voler ici, à part quelques feuilles chiffonnées qui prouvent que j'ai des idées derrière la tête. J'oublie un tour de clé et toute mon arrogance s'envole, je redeviens l'infirme du premier jour, avec la hargne en moins. Quand celle-là m'abandonne je suis le plus vulnérable des hommes. Une bouffée d'angoisse s'arrête dans mes yeux, le désir de vengeance n'est rien qu'un cancer, une gangrène qui contamine mes pensées les plus intimes et se nourrit de ma volonté. Rien qu'une maladie. Certains soirs je maudis ma solitude plus que tout le reste.

J'ai claqué la porte d'un coup de pied mais ça n'a pas suffi, j'ai shooté dans la table, dans les chaises, des objets sont tombés, et je ne me suis arrêté que quand mon pied était brûlant de douleur. Ça m'a calmé, un peu. Bientôt je trouverai de quoi décharger toute mon énergie négative sans que j'aie à en souffrir. Ce soir, entre le parfum évaporé d'une jeune femme et l'indigence de mon orgueil, je vais avoir du mal à trouver le sommeil. J'ai frappé mon moignon contre le rebord de la table, j'ai fait ça sans le vouloir, en pensant peut-être que la main allait réagir. Et je me suis allongé, habillé, en pleine lumière.

A cette seconde précise j'ai senti que je n'étais pas seul.

A peine le temps de me redresser, de tourner la tête, et la silhouette a surgi sur un flan du lit, bras en l'air, j'ai hurlé. Un fantôme. Dans un battement de cils j'ai retrouvé son visage au moment où la statue a basculé sur moi, ses mains ont tourné autour de mon cou, son poids m'a écrasé sur le lit et le lacet m'a interdit de crier, j'ai tendu mon bras droit pour lui arracher le visage mais rien n'est venu, d'un geste sec il a tiré vers lui et la corde est rentrée dans ma chair, ma gorge a éructé un bruit sourd, mon bras gauche s'est dégagé sans pouvoir atteindre ses yeux, il a plaqué sa main sur mon front, ma vue s'est brouillée de blanc, le nœud du lacet a changé d'angle pour s'enfoncer dans la trachée. Je me suis senti partir, étouffé, d'un coup.

Evanoui dans l'étau.

Les yeux écarquillés...

Et j'ai vu, tout près, dans le brouillard, la queue de billard à portée de bras.

J'ai donné un coup de rein pour me hisser vers elle, il l'a vue aussi et a cherché à retenir mon bras, le lacet s'est à peine desserré, il s'est déséquilibré et a basculé à terre avec moi. J'ai toussé à m'en faire éclater la gorge, il a eu le temps de se relever et agripper le lacet à nouveau, presque aveugle j'ai saisi la flèche, et le manche a cogné contre son front, sans force, il a à peine tourné la tête, le lacet m'a serré de nouveau et j'ai fait tournoyer la queue en l'air pour la fracasser de toute ma rage contre sa gueule. J'ai toussé à en vomir mes entrailles, j'ai trouvé la force de taper encore, quatre, cinq fois, mais le souffle m'a vite manqué, mes jambes ne m'ont plus soutenu et je me suis assis.

Le souffle m'est revenu par hoquets, j'ai posé la main sur ma trachée brûlante en me forçant à respirer par le nez. J'ai dû attendre en suffocant, immobile, le cou vrillé de douleur, que mes poumons se gonflent. Je l'ai vu ramper, groggy, vers la porte, avec une incroyable lenteur. J'ai éructé un son impossible, j'aurais voulu lui dire, je n'ai pu que geindre comme un muet, alors j'ai pensé, très fort, en espérant qu'il m'entende. Il faut que ça s'arrête, toi et moi... Qu'est-ce que tu fais... ? Reviens... Il faut qu'on en finisse ce soir... Où tu vas... ?

Ses mains n'ont quitté son visage que pour s'accrocher aux pieds de la table, elles ont glissé, gluantes de sang, et je n'ai rien pu faire quand il s'est mis debout. Un voisin a appelé, dehors. Entre ma toux rauque et mes larmes, le lacet pendant à mon cou, je n'ai pas su me déclouer du lit.

Reste...

Il a titubé dans les meubles. Je ne l'ai pas

regardé partir. J'ai juste suivi, à terre, le parcours sinueux de ses traînées de sang.

Et je me suis mis à pleurer, et suffoquer de plus belle, et pleurer encore.

Je ne sais pas combien de temps ça a duré mais j'ai vu, des siècles plus tard, le voisin d'en face glisser un regard blême dans l'entrebâillement de la porte. Il a parlé de bruit, de sang et de police. J'ai voulu répondre mais la douleur dans la gorge s'est ravivée, et ça m'a rappelé l'hôpital, les agrafes dans la bouche, et la privation de la parole. Lentement j'ai secoué la tête, mon doigt a pointé vers la sortie puis j'ai doucement penché la joue sur le dos de la main pour lui faire signe d'aller dormir.

Dans le halo de violence qui vibrait encore dans la pièce, il a senti qu'il n'était surtout pas question de troubler mon calme retrouvé. Ma folie sereine lui a fait peur. Il a fermé la porte sans bruit.

J'ai failli partir sans nettoyer le sang. A genoux, j'ai joué de la serpillière sur les taches encore fraîches. J'ai juste anticipé sur mon retour et sur la triste surprise de revoir le studio souillé de croûtes. J'ai repris mon sac en y fourrant quelques affaires et me suis engagé, dehors, dans la douceur de l'aube, sans vraiment savoir où mon envie de rien allait me conduire. Désir de vengeance, désir de paix, descendre ou remonter la rue, je suis un peu paumé.

Il aurait dû rester. Quel con j'ai été de ne pas envisager une prothèse. Je regrette après chacune de nos rencontres. Un bon crochet bien démodé et bien pointu. Car en fait, si je réfléchis bien, ce genre d'appareillage me servirait désormais bien plus qu'une main.

En allant vers République j'aurais plus de chance de trouver une chambre. Deux, trois jours, peut-être plus, sûrement pas moins.

— La trouille, j'ai dit, pour retrouver ma voix.

Peut-être. Le gentleman voulait ma peau. Il en voulait à ma mémoire pleine de souvenirs tout neufs, au dernier exemplaire de l'*Essai 30,* à ma parole de bavard et à mon nez qui résiste. Il doit penser à moi, parfois. Je donnerais cher pour savoir comment il me voit.

La gorge me rappelle à l'ordre chaque fois que je déglutis. Mais la voix revient. Je fais jouer mes cordes vocales des graves aux aiguës.

— La trouille ? La trouille ! La trouille…

Non, pas la trouille. Je me sens cuit de partout. C'est peut-être cette sensation de grand brûlé dont parlait Briançon.

Hôtel du Carreau du Temple. Le premier qui garde l'enseigne allumée. A six heures du matin je vais faire lever le veilleur. Non, même pas, je le vois, dans le hall, au milieu de paniers de croissants.

Il s'approche. Une chambre ? Il n'en reste qu'une, avec un grand lit, je la prends et paye deux jours d'avance. A quelle heure, le réveil ? Pas de réveil, non. On ne sert plus le petit déjeuner après 10 h 30. Tant pis, merci.

Chambre 62. J'ai pris une douche chaude, dans le noir, pour éviter de me retrouver dans la glace, avec des traces noirâtres autour du cou. La nuque me fait encore mal. Je me suis perdu dans le grand lit. Il aurait été impossible de m'y retrouver.

*

La blanche et la rouge viennent s'épouser dans un angle du tapis… J'ai peur de ne plus jamais trouver le repos sans qu'elles viennent me hanter. Je fais toujours le même point, le même rêve. Aucun symbole, aucun mystère, pas la moindre clé. Tout est tristement prosaïque et le réveil est d'autant plus cruel.

Avant de me rhabiller, j'ai osé me regarder dans le miroir de l'armoire. De dos, de face. C'est la première fois que je me vois entièrement nu depuis mon amputation. Ma gueule est un peu boursouflée, mais je ne sais plus si ça date de la veille ou l'avant-veille. J'ai grossi, un peu. Je ne sais pas si c'est un effet d'optique mais je crois que mon bras droit s'est légèrement rétracté par rapport à l'autre. L'atrophie, sans doute. Bientôt ce sera une aile de poulet, si je ne fais rien. Mon cou n'est ni violet ni noir, mais tout simplement rouge, avec des poussières de peau qui restent collées aux doigts quand je touche. On voit bien l'anneau rosé laissé par le lacet. Sur les épaules et les cuisses, des bleus qui virent au jaunâtre. Le tout ressemble à du Mondrian mal digéré... Briançon ne pourrait rien arranger. Seul un restaurateur pourrait intervenir. Jean-Yves. Il arriverait avec sa petite mallette et se pencherait sur moi avec des gants et un compte-fils pour isoler la fibre abîmée. Ensuite, dans un coin, allongé par terre, il chercherait des heures durant l'exacte nuance du pigment, et de la pointe du pinceau il retoucherait avec une patience d'ange les zones malades. Je l'aimais bien, Jean-Yves, avec ses petites lunettes rondes et ses moustaches. J'avais beau lui parler de son boulot, il se débrouillait toujours pour faire glisser la conversation sur le tennis. A la longue il s'était spécialisé dans les blancs, on l'appelait de tous les coins d'Europe pour réunifier un fond de toile. Je ne m'étais jamais douté qu'entre le blanc et le blanc, il y avait une variété incroyable de blancs.

*

Vers les 16 heures, à bout de patience, j'ai appelé Béatrice en lui proposant de nous voir au Palatino, au cas où elle aurait quelque chose pour moi. Elle m'a plutôt proposé de passer chez elle et j'ai fini par accepter. Avant de raccrocher elle m'a tout de même demandé pourquoi j'avais hésité. « Pour rien », j'ai répondu.

Elle habite dans un autre monde, rive gauche, rue de Rennes, et je ne m'y hasarde jamais.

— Qu'est-ce qui vous est arrivé !

Elle a porté une main à mon cou et j'ai relevé mon col.

— Vous en parlerez sans doute un jour. Vous y êtes allée ?

— Si vous preniez le temps d'entrer avant de poser des questions...

Je m'attendais à un petit intérieur cossu et clair, avec de la moquette, des meubles Ikéa et des stores vénitiens. Et je me retrouve au milieu de deux téléviseurs, un minitel allumé, un traitement de texte à l'écran vert, des piles de quotidiens, avec des murs tapissés de bouquins et des fresques de coupures de journaux, des collages de photos, des couvertures de magazines scotchés à

166

même le mur, l'affiche d'une expo Crémonini qui représente des enfants sans visage et nus. Une table avec des cendriers dégueulants de mégots, une pizza dans son carton d'emballage. Pas de désordre ni de laisser-aller, non, plutôt une sensation de vitesse, une boulimie de surinformation, une envie de dire que le monde est là, partout.

— Rien ne vous échappe, j'ai dit.

— Asseyez-vous où vous pouvez, tenez... là...

Un bout de canapé, près du téléphone et du répondeur. Elle revient avec deux tasses et une bouilloire à thé, sans me demander mon avis, et s'assoit à mes pieds. Quand elle se penche pour remplir les tasses je peux entrevoir ses gros seins, sans lui demander son avis. Elle me tend une soucoupe en gardant un œil sur un bout de journal qui traîne à terre. Une fille aussi frénétique, aussi avide, il faut vite vite vite l'épouser, j'ai pensé.

— Les Beaux-Arts, un jeu d'enfant! Un boulot de pigiste. J'ai prétexté un papier sur les glorieux artistes issus de chez eux, à commencer par Linnel, rapport à Beaubourg... J'ai eu un coup de pot, une vieille secrétaire, ravie d'être interviewée, trente ans de paperasses, la synthèse d'un I.B.M. P.C. et d'une mère poule.

— Qu'est-ce qu'elle vous a dit, sur Linnel?

— Aaaaaaah Linnel, le p'tit Alain, quel talent! Et farceur avec ça, si vous saviez ce qu'il nous a fait subir! D'année en année il sophistiquait les bizutages avec une imagination qui a

167

bien failli nous créer des ennuis avec la police ! Il paraît qu'il avait obligé les nouveaux à...

— C'est vraiment important ? j'ai coupé.

— Non, mais c'est drôle. Enfin bref, il a fait ses six ans dans la boîte, les profs lui passaient tout, malgré les conneries. Le prototype même de l'étudiant qui ne fout rien et qui sait tout faire. Ça agace et ça séduit, ça démoralise les copains de promo. Sauf Morand, son inséparable pote, plus effacé, plus studieux. « Gentil mais pas causant » m'a dit la vieille dame. « Il s'intéressait à des petites choses, des marottes, la calligraphie, les miniatures, mais les cours de dessin académique ne l'inspiraient pas vraiment. » C'était le plus discret de la bande des quatre.

Elle a laissé un blanc, exprès, pour me faire mordre à l'appât. Quatre... Quatre... Les frères James, les Dalton. C'est le bon chiffre, pour un gang. J'en ai déjà deux. J'ai peur d'en avoir trois. J'en connais un qui a le talent d'apparaître là où on ne l'attend pas. Vu son âge et ses obsessions, ce pourrait être le troisième. Le gentleman. Mon duelliste attitré.

— Claude Reinhard, elle dit.

— Hein ?

— Oui, le commissaire-priseur. Lui, c'est autre chose. Il n'y est resté que trois ans, fils d'Adrien Reinhard, de la fameuse étude Reinhard, la plus...

— Je sais, je sais, et alors...

— Coupez-moi encore une seule fois et je vous fous dehors.

O.K., d'accord. Je ne dois pas oublier que, de nous deux, c'est elle, la boulimique.

— Il s'est essayé aux Beaux-Arts par gageure, une manière de narguer l'autorité paternelle. Papa brasse des toiles qui coûtent des milliards, il veut que je reprenne sa chère étude, et ben non, moi je ferai des toiles qui coûteront des milliards et qu'il sera obligé d'expertiser un jour. Il se pointait quand même avec une décapotable au Quai Malaquais. Il s'est très vite acoquiné avec les deux anciens. Ils ont tous les trois quitté l'école en même temps, fin 63. La dernière année, ils étaient indécollables, la bande des quatre s'est vraiment soudée cette année-là.

J'ai encore une chance, un joker pour le numéro quatre.

— Ça vous dirait de dîner ici ?

— Le quatrième ?

— J'ai préparé un gratin de courgettes.

Elle sent bien que je m'en fous. Et moi, je me demande si je m'en fous vraiment, je me demande si le quatrième est bien celui que je pense, si ce gratin, elle l'a fait pour moi, si je ne vais pas précipiter nos fiançailles, si je retourne à Biarritz, ou si elle a choisi les courgettes parce que ça peut se manger d'une seule main et sans couteau.

— Votre histoire m'intrigue, je dis, continuez... s'il vous plaît.

— Non, à partir d'aujourd'hui c'est votre histoire qui m'intrigue. Ce sera le dossier de septembre. Le quatrième s'appelait Bettrancourt, Julien Bettrancourt. Et malgré Reinhard et son fric, malgré Linnel et ses brillantes turpitudes, c'était bien lui, le chef de la bande. La vieille a cherché à éluder la question, un mauvais souvenir pour elle et pour toute l'école. Il a fallu que je décode dans ses bribes d'aigreur pour me faire une idée du mec. « Vous n'avez pas besoin de parler de lui dans votre journal, mademoiselle... » J'ai cru qu'elle me faisait le portrait de Robespierre, c'est dire.

Je me suis rapproché un peu plus de son visage pour tenter de capter son odeur. Elle l'a compris et ne s'est pas rétractée.

— Orphelin de père. Un obscur. Un malingre qui proclamait la terreur aux Beaux-Arts et ailleurs. Un jusqu'au-boutiste que la direction a toujours soupçonné d'avoir vandalisé les locaux, les fresques, avec des slogans sibyllins et parfaitement terrorisants. Un orateur de génie, paraît-il, qui tétanisait les pauvres élèves, avec leur dérisoire carton d'aquarelles sous le bras.

J'ai repensé au tract.

— « Il a eu une mauvaise influence sur les trois autres, ça faisait peine à voir... » Tu parles... ils étaient tous les trois amoureux de lui, plutôt. Ils l'ont choisi comme mentor, comme gourou. Ça devait être un type vachement séduisant, non ?

— Vous lui auriez fait un gratin ?

— Non, des steaks grillés.

Je ne sais plus, en fin de compte, si je vais l'épouser. Elle passe la main dans ses cheveux sans cesser de me fixer de ses yeux verts. Vert clair.

— Linnel avait une bonne chance d'avoir le

prix de Rome, mais quand Bettrancourt a plaqué le bahut, les trois autres ont suivi. Linnel le chouchou, Morand le lunatique, Reinhard le fils à papa, et Bettrancourt le terroriste, une année de blanc dans leur biographie, de 63 à 65. Candides, ambitieux, insolents. Les voilà, vos Objectivistes.

Oui. Aucun doute. Les copains de promo, 1963, tous les rêves possibles, une décapotable, des chemises blanches, les après-midi au café « La palette », les soirées au Select, les discussions à n'en plus finir sur les peintres américains. Un jour on décide de franchir le pas, on quitte le berceau pour brûler les faux-espoirs. S'ils avaient été plus vieux ou plus patients ils auraient appelé ça « le vieux monde ». Ils sont arrivés et repartis trop tôt. Les Objectivistes n'ont duré qu'un été. Morand s'est envolé outre-atlantique, Reinhard est rentré dans le rang, et le jeune Alain Linnel est devenu « Linnel », tout court.

— Du haut de nos trente ans, vous croyez qu'on peut comprendre ça ?

— Oui et non, dis-je. A cette époque-là je grimpais sur une chaise pour voir les gens du café d'en face jouer au billard. Mon seul souvenir de soixante-huit, c'est les jeux Olympiques de Mexico.

— Moi en 64, j'ai gagné un prix de babillage, à la maternelle. Je peux vous jurer sur ma carte de presse que c'est authentique.

— Vous avez quel âge ?

— Vingt-sept ans, elle dit.

— Bravo... Si vous continuez comme ça, à vous acharner au boulot, dans trois ans vous jetez

171

Anne Sinclair à la porte, dans cinq, Christine Ockrent, ensuite vous passez rédacteur en chef, et dans dix ans vous gagnez le prix Pulitzer.

— C'est ça, et dans vingt on me retrouve à la nécro de *Jours de France*. Arrêtez de vous foutre de moi.

Depuis combien de temps n'ai-je pas vu une fille d'aussi près ? Ça doit se compter en années, je crois. Un an, au moins. Une visiteuse, à la galerie. Elle n'arrivait jamais à me voir le soir. J'allais chez elle après minuit, ou bien le week-end, avant d'aller jouer. Elle a fini par se lasser.

— J'aime bien votre vocation d'aboyeuse.

— Sinon, on s'emmerde, non ?

J'ai failli l'embrasser quand elle s'est levée pour ranger le plateau. Dommage. J'avais envie de savoir si ça me ferait quelque chose, et si quelque part, en dedans, ça aurait tremblé un peu.

— Pas moyen de savoir ce qu'est devenu le meneur ? j'ai demandé.

Je ne perds toujours pas espoir d'y reconnaître cette ordure de gentleman.

— Non, elle n'a jamais su, et ça ne lui manque pas. En insistant bien elle a retrouvé dans les archives son adresse de l'époque. Je peux vous la donner, et par le journal j'ai eu celle de Linnel. Pour Delarge, impossible, on ne peut le joindre qu'à sa galerie. Démerdez-vous. Voilà ma récolte de la journée.

— Et vous avez eu le temps de faire un gratin ? j'ai dit.

— Vous en voulez ou pas ?

Je ne réponds pas. Elle s'agenouille près de

moi et tire sur ma manche droite pour ramener le bras vers elle. Elle me fixe des yeux comme si elle voulait hypnotiser un naja, je ne sais pas ce qu'elle va faire de mon bras malade. Tout à coup j'ai la trouille.

— On peut dîner..., je dis.

Elle rentre le bout de ses doigts dans la manche. Et caresse l'extrémité osseuse et arrondie.

— C'est lisse...

Je n'ai pas bien compris, j'ai voulu retirer mon bras mais elle m'en a empêché en agrippant le moignon à pleines mains.

— Vous... vous aimez vraiment l'interdit, j'ai fait.

En réponse elle a juste posé, une seconde, ses lèvres sur les miennes. Ensuite, tout le poids de son corps sur mon ventre.

Ça va trop vite.

Je ne suis pas préparé.

Qu'est-ce que ça va donner, quand nous serons nus, un Rubens sur un Mondrian ? Mes couleurs primaires et ses formes antiques. Pourquoi fait-elle ça, je ne peux ni la rejeter ni saisir ses hanches comme il le faudrait.

Tout se confond, sa drôle de reptation contre ma poitrine, le regard brillant et la peau mate, mon amputation surréaliste glissant contre son aisselle, et mon troisième œil, là-haut, qui regarde le tableau. C'est bien la preuve que je n'en ai pas envie. Je ne me doutais pas que le disfonctionnement pouvait aller jusque-là. Elle a ôté sa robe pendant les quelques secondes où j'ai fermé les yeux, où j'ai vu bien d'autres choses, des contrastes violents de noirceur et de pureté, des paradoxes de réel et de non-sens. Sa nudité m'a sorti de ce cauchemar informe, elle m'a offert sa matière, sa chair brute, prête à être remodelée des pieds à la tête. Quand elle a pris ma main pour la poser sur le dessin de ses reins, j'ai compris que le travail était déjà fait, qu'un autre que moi était l'auteur de ce superbe paysage tactile. Mais je n'ai pas résisté à l'envie de tout reprendre au début. Un aveugle et un tronc d'argile. A mon tour je me suis couché sur elle, pour que rien ne m'échappe, ni le lisse ni le rugueux, ni les courbes ni les angles. J'ai vite réalisé que ma seule main pouvait suffir. Mieux encore, sa caresse devenait peut-être plus tendre et plus précise.

— Attends... Je préfère le lit, elle a dit.

Je l'ai suivie. Nous nous sommes couchés. Et là, tout ce qui manquait est revenu. L'odeur des corps, le souffle, les soupirs, la faim de l'autre et les innombrables réflexes de désir. D'amour. Mon troisième œil a disparu et toute forme d'abstraction avec. Je n'ai plus pensé qu'à elle.

*

— Demain ? elle a demandé.
— ... Quoi, demain ?
— Delarge.
— Je ne sais pas. Sûrement...

Nous avons attendu qu'il fasse bien jour pour sortir de chez elle.

Dans la rue, elle m'a glissé un dernier mot à l'oreille.

— Une preuve écrite...

En attendant qu'elle tourne le coin de la rue j'ai crispé fort mon poing fantôme.

Temps perdu, gâché. Calé derrière l'escalier de l'entrée B du 59 rue Barbette, je n'ai vu que la tête rousse de la secrétaire passer du bureau pour disparaître dans l'arrière-salle. Delarge a fini par émerger de ses trois colonnes de briques vers 22 heures, ils ont rassemblé leurs petites affaires, ensemble, pour sortir. Il a mis en marche le système électronique qui déclenche la sécurité et fait baisser le rideau de fer. Elle a fermé la galerie à clé, et tous les deux me sont passés sous le nez. Je suis retourné à l'hôtel en maudissant la rouquine cerbère et son paquet d'heures sup. Je me suis même mis à chercher un moyen radical de la clouer au lit pendant les jours à venir.

J'ai trouvé absurde de dormir une nuit de plus à deux cents mètres de chez moi, sans me décider pour autant à réintégrer le studio. Delmas va avoir du mal à me joindre, si besoin est.

Le lendemain, plutôt que d'attendre gentiment le soir pour une seconde tentative, je me suis aventuré en banlieue sud, à Chevilly-Larue, histoire de rôder autour de l'ancienne adresse de

Bettrancourt. Dans le bottin j'ai trouvé une Hélène Bettrancourt mais je n'ai pas cru bon de m'annoncer, ni de passer un coup de fil anonyme. C'est une petite baraque coincée entre un hyper-marché et un casse auto au trottoir noirâtre et puant le diesel. Je me suis demandé si un gentleman pouvait habiter là. J'ai dû conclure que non, vu que j'ai sonné sans tenter on ne sait quelle circonvolution autour de la masure.

Un visage frippé derrière le rideau, un moteur rauque qui hurle dans le casse, un berger alle-mand que la vieille dame rappelle à elle. Le chien obéit aussi sec.

— Je voudrais des nouvelles de Julien !

J'ai vite compris qu'il n'y avait rien de plus facile et de plus infâme que de baratiner cette vieille. Maman Bettrancourt. Mais comment entrer, sinon ?

Elle ne paraît ni surprise ni effrayée. Elle m'a proposé de la suivre à l'intérieur, parce que ça sera plus commode, parce qu'il y a trop de bruits de voitures, parce qu'elle s'ennuie, et parce que c'est toujours agréable de recevoir un ami de Julien. Un ami, n'est-ce pas ? Oh oui madame, vous pensez, depuis les Beaux-Arts, ça remonte au moins à...

— 63, elle dit, sèchement.

Le chien me flaire les mollets, la salle à manger n'a pas dû bouger depuis cinquante ans, Mme Bettrancourt en a bien soixante-dix, et hormis elle il ne doit pas y avoir grand monde ici. Elle me fait asseoir à la table, sort une bouteille de liqueur et deux verres, et tout ça ressemble au rituel le plus rodé que j'aie jamais vu. Je me suis mis à penser à son jeune irréductible de fils. Tout ce que je vois ici ne cadre pas vraiment avec le personnage décrit par Béatrice. Un rugissement de moteur, de nouveau, avec, aux commandes, un mécano qui se prend pour Karajan.

— Je déteste les voitures, mais je ne peux pas quitter la maison. Tout ce qui me reste de Julien est ici. Alors... Vous aussi, vous êtes un vrai peintre ?

Que répondre ? Non, forcément, je fais de l'import-export. Je suis sûr qu'en sortant d'ici, elle n'aura toujours pas vu que j'étais manchot.

— Vous êtes déjà venu ici, non ? Il me semble vous reconnaître. Il avait tellement de copains, à l'école. Et ça défilait, et ça discutait, si son père avait pu voir ça...

— Je me souviens de quelques copains, Alain Linnel, Etienne Morand, et d'autres...

— Vous vous souvenez d'Alain... ? On peut lui téléphoner si vous voulez, oh oui, il serait si content de revoir un copain de classe...

Je suis obligé de me lever quand elle agrippe le téléphone.

— Non, non, je ne peux pas rester longtemps.

— Alors revenez demain soir, on sera justement vendredi, vers six heures. Il n'arrive jamais avant...

— C'est gentil de venir vous rendre visite. Il vient souvent ?

— Oh, c'est même trop, il doit bien avoir d'autres choses à faire... Il s'inquiète. Il a vraiment tenu à ce que Bobby me tienne compagnie... C'est lui qui me l'a acheté. Il veut m'installer à la campagne, mais je ne peux pas laisser tout ça. Il est tellement gentil. C'est tellement difficile, la peinture... Il faut combien d'années avant que ça devienne un vrai métier ? Et Alain, je suis sûr que c'est un vrai peintre, et qu'un jour, il les vendra, ses tableaux. J'ai confiance.

— Et Julien aussi, à l'école, il faisait de belles choses.

Elle pousse un petit râle, presque amusé.

— Vous pensez vraiment ?

— Oui.

— Peut-être... Remarquez, je n'ai jamais rien dit contre, il faisait ce qu'il voulait. Je respectais tout, vous savez. Même si je ne comprenais pas, je savais qu'il aimait vraiment ça, qu'il était sincère... Il avait l'air tellement concentré sur ce qu'il faisait. On avait l'impression que c'était grave. Mais pourquoi il faisait des choses aussi... aussi tristes... Ce n'était pas un garçon triste, vous savez... Alors pourquoi il faisait ces... ces choses ? Moi, vous comprenez, je pensais qu'un artiste devait faire des sculptures qui vous font oublier la misère... une manière d'optimisme... Des peintures qui font du bien... Je ne sais pas comment dire... Mais j'ai tout gardé. C'est tout ce qu'il me reste depuis l'accident. Vous voulez les voir ?

— Oui.

— C'est mon musée à moi. A part Alain, il n'y a pas beaucoup de visiteurs...

Elle a dit ça pour me faire sourire. Je la suis

180

dans une chambre du rez-de-chaussée, avec une fenêtre qui donne sur le casse auto.

— C'était son atelier, il disait.

Une odeur totalement différente, un soupçon de graisse et d'huile de vidange qui persiste avec les années, et ça n'a rien d'étonnant quand on jette un œil sur l'ensemble. Des dizaines de kilos de féraille, des mobiles suspendus au plafond, des petites architectures de métal tressé, soudé et collé sur des plaques de bois. C'est ce qu'on repère le plus vite. Toutes du même format, des rectangles de bois de 30 sur 60 centimètres. Ce qui frappe avant tout, c'est un sentiment de précision, l'agencement des pièces métalliques obéit sûrement à un ordre bien défini. Le contraire de l'aléatoire.

— Il appelait ça ses portraits. Qu'est-ce qu'on pouvait bien leur apprendre, dans cette école des Beaux-Arts...

Des portraits.

Je ne résiste pas à la curiosité d'en disposer un, droit, contre le mur. Puis un autre, puis tous. C'est comme ça qu'on les regarde, si l'on se fie aux flèches tracées au crayon, derrière le bois. Et pas seulement ça. Elles s'accompagnent toutes d'un prénom, au crayon toujours. Mon cœur se met à battre, mais ce n'est ni la peur ni l'angoisse.

« Alain 62 ». « Etienne 62 ». « Claude 62 ». Et d'autres, que je ne connais pas.

« Alain 62 ». Un faciès prend forme, petit à petit, au milieu de cette minuscule jungle de métal. L'œil gauche est une petite spirale, une pièce d'horlogerie, une boîte de coca éventrée et martelée suggère le front, et tout un enchevêtrement méticuleux de chaîne de vélo, un sourire rouillé. Par endroits, il y a de la graisse de moteur qui fait luire des traits. Une sensation de plein, une joue arrondie en fer forgé, un nez impeccablement ciselé dans une lame de couteau rongée par la rouille.

Plus je le regarde, et plus...

— Faites attention... Surtout avec les choses qui sont sur la table.

Des objets posés. On comprend pourquoi il faut faire attention. Ce sont des objets hostiles. Une timbale en aluminium incrustée de lames de rasoir. Il est impossible de la saisir sans avoir la main en sang. Un combiné de téléphone hérissé de piquants rouillés. Un panier dont l'anse est une serpe aiguisée.

— Combien de fois il s'est blessé...

Par la fenêtre, je vois le grillage éventré qui séparait jadis la maison du casse auto, et au milieu, deux carcasses de voitures à la verticale, enchevêtrées l'une dans l'autre.

Une étreinte.

— Le patron d'à côté le laissait jouer avec des épaves. J'avais un peu honte dans le quartier, mais ça lui faisait tellement plaisir... Et puis l'année dernière, le patron a voulu faire le ménage, et Alain lui a racheté ça. Ce que vous voyez en bas. Je déteste les voitures.

Elle tient à me ramener vers le salon. Et c'est dommage. Je serais bien resté une heure de plus à faire un bout de chemin avec tout ça, découvrir d'autres visages, et risquer ma dernière main à l'approche des objets impossibles.

— Et vous avez revu Morand, après l'accident ?

— Le petit Etienne... Non, je crois qu'il est parti en Amérique, et l'autre non plus n'est jamais revenu, j'ai oublié son nom, celui avec la belle voiture rouge. Je déteste les voitures. Toujours fourrés ici, ces trois-là, et ça discutait, et ils se disputaient, même, des fois.

Elle laisse passer un instant. Je me mords la lèvre.

— Et ce soir-là, ils sont partis avec la 4L. Il a pas eu de chance, mon Julien. Les autres en sont sortis indemnes. Repassez un vendredi soir. Alain sera là, ça lui ferait tellement plaisir.

*

La galerie semble close et je n'ai pas vu le moindre mouvement à l'intérieur. Seule l'absence de rideau de fer m'a donné espoir, et cette fois j'ai changé mon poste de vigie. A l'entresol de l'escalier B il y a un atelier de confection typique du quartier, et pour l'instant je n'ai pas eu à m'exposer au moindre va-et-vient. En attendant qu'on daigne bien se manifester.

Delarge, seul, les clés en main, est apparu aux alentours de 23 h. J'ai dévalé les escaliers sans penser à rien d'autre que le cueillir de plein fouet avant même qu'il puisse réagir. Je cours le plus vite possible dans la petite cour vide, il se tient courbé en avant, la main tournant la clé du système de sécurité. Son dos s'offre à moi, le rideau était baissé d'un tiers, et je passe mon bras sur son épaule, comme pour surprendre un vieil ami. Avec tendresse. La pointe en triangle du cutter arrive juste sur sa carotide.

— Vous ouvrez, s'il vous plaît, j'ai demandé d'une voix calme.

Il braille de surprise. Il me reconnaît, héberlué, il bafouille, tout se passe très vite, il se relève et tourne la clé dans l'autre sens.

— Vous pouvez baisser le rideau, de l'intérieur ? dis-je en pressant la lame un peu plus dans sa gorge.

Il ne résiste pas et pousse un oui hystérique. La peur déforme son visage et il tremble en manœuvrant la serrure. Mon cœur bat à peine plus vite, je sens mes deux bras pleins de force, le métal reste fiché sous son menton sans dévier d'un millimètre. Le fait d'avoir attendu vingt-quatre heures n'a fait qu'incrémenter ma haine. Hier je ne connaissais pas cette petite dame qui vit sur l'autel rouillé du souvenir. Je ne supporte plus qu'on assassine la douceur et la gentillesse. Hier j'aurais peut-être été hésitant et brouillon.

Il a éclairé la galerie avant même que j'en émette le souhait.

— Ne me... ne me faites pas de mal !

Je le sens là, au bout de ma lame, perclu de trouille, et ça me facilite la tâche. Tant qu'il geint comme un môme je peux la jouer facile. Coincé entre la lame et ma poitrine, il avance, droit devant, jusqu'au bureau d'accueil. Je vais pouvoir jouir, enfin, d'une impunité totale, protégé par un rideau de fer.

— Allongez-vous sur le ventre, par terre !

Il obéit. Je passe le nœud coulant du lacet à un pied de la table en la soulevant avec mon épaule. Je dois m'y reprendre à deux fois, et avec les dents, j'ouvre grand la boucle du second nœud, à l'autre bout du lacet.

— Relevez la tête... Approchez-vous du pied, merde !

Je passe doucement sa tête dans la boucle et je tire un coup sec. Il ne crie pas. Il n'y a pas plus de dix centimètres de corde entre le pied de la table et son cou. Je le regarde, prostré à terre, retenu par une laisse trop courte, comme un clebs terrorisé, à la merci du premier coup de pied.

— Vous voyez, j'utilise les mêmes armes que votre tueur, un cutter et une corde, et tout ça d'une seule main.

— Ne me faites pas de mal...

— C'est à vous que je le dois, ce moignon, hein... ?

— ... Qu'est-ce que vous voulez ?

— Une interview.

Il écarquille les yeux, c'est le regard de la folie, ou de celui qui regarde la folie.

— Celui qui m'a tranché la main, celui qui est venu chez moi pour finir le boulot, c'est un type à vous, non ? Répondez. Vite.

Il a braillé un son qui pourrait signifier un oui comme son contraire.

— Ce n'est pas clair.

185

Il déglutit plusieurs fois et tente de s'agenouiller, mais la corde le lui interdit.

— Je ne dirai rien.

Il enfouit la tête dans ses épaules et ferme les yeux très fort. Un caprice de gosse. De morveux mal embouché. Têtu.

— Je... Je ne vous dirai rien...

J'ai accusé un mouvement de surprise. Je n'ai pas su quoi faire. Il répète lentement sa phrase, il ne le dira pas, il ne le dira pas.

C'est bien ma veine. Tout partait si bien, et je me retrouve avec une boule de peur sous la table. Il a encore plus peur de laisser échapper un aveu que d'une démonstration de violence. Et cette violence, j'en suis parfaitement incapable. Je ne me fais aucune confiance dans ce domaine. Avec le gentleman, pas de problème, au contraire, j'aurais aimé en faire beaucoup plus. Mais avec un homme de trente ans mon aîné, agenouillé, je suis perdu. En fait, le soir du vernissage, j'aurais dû taper sur Linnel. J'étais saoul.

Le temps et l'hésitation jouent contre moi, je commence à sentir qu'il m'échappe, qu'il ne me craint pas.

Je ne dois pas le rater.

Dans deux secondes il va presque sourire.

Je me suis assis, par terre, près de lui. Je me suis efforcé de penser que cet homme a brisé le reste de ma vie, et qu'hier encore il voulait me voir mort.

Il ouvre les yeux et me dévisage. On dirait presque un défi. Il me teste. Comme un enfant.

186

Le demi-siècle de cet homme ne lui a pas fait dépasser l'âge bête.

Je n'ai pas l'étoffe d'un tortionnaire. En fait, je savais déjà, en entrant ici, comment j'allai procéder. Il ne le sait pas encore.

J'avise, au mur, les toiles, et m'approche pour mieux les voir.

— L'art, c'est vraiment une passion ? je demande à haute voix.

Pas de réponse.

— C'est votre collection personnelle, hein ? Enfin... le peu que vous daignez montrer. Une manière de dire « voilà ce que j'ai en vitrine alors imaginez ce qu'il y a dans l'arrière-boutique ».

Pas un mot.

— Vous n'avez pas répondu à ma question. Une vraie passion ou une mine de fric, un bon placement, et rien d'autre ?

Silence.

Je sors un briquet, acheté pour l'occasion. Une idée piquée au gentleman, comme le reste de mon arsenal.

Je ne vais pas mettre cette ordure en sang. Question de santé mentale. Mais je sais, comme n'importe qui, que la gamme des tortures est presque infinie. Il le sait aussi, et une nouvelle lueur d'inquiétude lui éclaircit l'œil. Je saisis le briquet et approche la flamme du Linnel.

— Ça ne... ça ne vous servirai à rien ! dit-il de sa voix cassée.

— Une passion ? Ou rien qu'une mine de fric ?

— Arrêtez... Je ne dirai rien !

La flamme mord le centre de la toile, un rond

noir se forme et la langue de feu commence à percer.

— Arrêtez ! Vous êtes... Vous êtes fou ! Ne faites pas ça ! Nous n'avions rien... contre vous... spécialement... Nous voulions juste l'*Essai 30*.

La toile se consume, tout doucement.

— Vous vous êtes interposé, il a... il a réagi... Personne ne savait que vous... que vous cherchiez à en savoir plus... vos questions... Vous saviez que les Objectivistes avaient existé... Et nous cherchons tous à les oublier...

Il me supplie, une fois encore, d'éloigner la flamme. A quoi bon. Ce truc raccorni est devenu invendable. Ou bien c'est juste sentimental. Il a choisi une toile qui lui plaisait dans l'atelier de son poulain et ami.

— Continuez... dites-moi ce qui s'est passé après le Salon de 64.

Il retient son souffle, de peur.

— Je voulais m'occuper d'eux... Les faire travailler... Oh et puis... Faites ce que vous voulez, je ne dirai plus rien.

Le Linnel n'est plus qu'une cavité noire. Je ne dois pas lâcher maintenant, Delarge est à bout, il est revenu sous mon emprise. A qui le tour, maintenant ? J'ai le choix.

— Lequel je crame en premier ? Le Kandinsky ou le Braque ?

Delarge se prend la tête dans les mains, il me supplie, il tire comme un âne sur son licou et déplace le bureau.

— Ne bougez plus, Delarge, dis-je en agitant le briquet.

Il se fige, les yeux remplis d'horreur.

— Ils avaient un meneur... un raté qui avait besoin du groupe pour cacher sa médiocrité ! Il ne m'intéressait pas mais ce crétin tenait sous sa coupe les trois autres, je voulais Linnel et Morand, ce sont eux qui m'intéressaient vraiment, j'avais visité leur atelier, Linnel avait tout ce qui fait un grand artiste, et Morand avait une dextérité et une précision qui auraient pu m'être utiles un jour. Rien à voir avec ce que faisait leur meneur ! De l'art pauvre ! Mais voilà, ils ne faisaient rien sans lui, sans sa parole d'évangile ! Des jeunes cons influençables. Ne faites pas ça, je vous en supplie, éloignez cette flamme ! Je vous donnerai tout ce que vous voulez...

En poussant ses jérémiades il vient de répondre à ma question. Passion ou fric, les deux sont totalement compatibles. J'ai éteint le briquet.

— Qu'est-ce que vous avez fait de Bettrancourt ?

Son regard qui me balaye des pieds à la tête veut tout dire. Avec une question pareille j'étais sûr de lui donner une idée de l'avance que j'avais acquise sur l'oublieuse Histoire de l'Art contemporain.

— C'est lui qui a fondé le groupe, c'est lui qui a toujours refusé mes propositions... mais j'ai fini par les avoir. Les trois autres n'ont pas tardé à comprendre, un groupe ne dure jamais très longtemps, je leur ai expliqué qu'ils n'iraient pas loin en refusant de vendre, que leur petite rébellion d'adolescents allait tourner court, et puis, l'argent... Linnel a été le premier à mordre,

Reinhard n'en avait pas besoin mais il a suivi, et Morand a résisté encore un peu.

Il tente de desserrer le lacet avant de poursuivre.

— Bettrancourt n'aurait jamais fléchi, il devenait gênant. Il aurait préféré crever, par éthique, oui, par éthique... Un fou. J'ai convaincu les autres de présenter une toile à la commission d'achat sans qu'il soit au courant, pour leur prouver que leur peinture valait cher. Et ce n'était qu'un début. Quand l'Etat a payé, ils ont enfin compris. La parole d'évangile a commencé à s'émousser, Bettrancourt perdait son autorité, les ambitions de chacun se révélaient petit à petit. Et vous voulez vraiment savoir ? Je suis fier d'avoir fait ça. Ils ont peint, grâce à moi, au lieu de finir dans l'oubli.

Le tourbillon de ses phrases me donne un peu le vertige. La sensation que le brouillard s'est dissipé au-dessus du ravin, et que je peux enfin m'y pencher. J'aurais tellement de choses à lui demander qu'aucune ne me vient spontanément, et nous restons muets, un moment, tous les deux.

— C'est moi qui vais vous raconter la suite. Contrairement à ce que vous avez dit, vous savez très bien ce qu'est devenu Bettrancourt. Vous avez poussé les trois autres à se séparer de lui, d'une manière ou d'une autre. Le groupe était promis à une grande carrière, et après tout, pourquoi ne pas travailler à trois, au lieu de quatre, vu que l'idée et le système étaient trouvés. Vous leur avez fait miroiter bien plus qu'un jeune étudiant ne peut imaginer. Et tout ça si vite. Et si aujourd'hui on tient tellement à oublier les Objectivistes, c'est que la fin de leur histoire a été radicale. Bettrancourt vous faisait peur, il aurait été capable de beaucoup. Ils ont éliminé le chef de file, un accident de voiture, tout bête. Octobre 64. N'est-ce pas ?

Il relève la tête et ricane d'étonnement.

— Vous saviez... Vous m'avez forcé à dire ce que vous saviez déjà ?

— Je m'en doutais un peu. Ce que je ne comprends pas c'est pourquoi ils n'ont pas continué le groupe.

— Oh ça, moi non plus. Après l'accident ils ne savaient plus eux-mêmes s'ils étaient coupables ou pas. Morand a très mal vécu la suite, le remords, une bêtise de ce genre... Un matin il a annoncé aux deux derniers qu'il partait aux Etats-Unis, que les Objectivistes existeraient sans lui. Reinhard a eu peur, il a lâché les pinceaux pour reprendre le cabinet de son père.

— Et Linnel a continué en solo, sous votre protection. Ça explique vos rapports troubles. Une collaboration bâtie sur un cadavre, un beau début... Mais, vingt ans plus tard, Morand revient, mort, mais présent. On lui consacre une expo, et on glisse sans le vouloir une toile objectiviste, un souvenir. Ça fait ressurgir des trucs oubliés, et qui tombent mal, juste au moment où Linnel vient à Beaubourg, avec une commande publique, en plus.

— Plus personne ne savait ce qu'il était devenu, et voilà que Coste le fait renaître. Cette toile ne devait pas être exposée, elle recelait des preuves, nous avons paniqué. Ensuite il fallait continuer le travail, la toile vendue à l'Etat. Et tout était terminé, plus aucune trace de ce groupe de malheur. Et puis...

— Et puis il y a eu moi.

Je laisse échapper un soupir de fatigue. Je suis éreinté. Et j'en ai marre. J'ai envie de partir et le laisser là, pendu à sa laisse. Je ne vois pas comment faire autrement. J'ai envie d'être tranquille.

Seul.

Mon désir de vengeance s'arrête là.

— Qu'est-ce que vous allez faire de moi... ?

— Moi, rien.

En disant ça je repense à la journaliste, et à sa preuve écrite. En menaçant de réduire le Braque en papillottes j'ai obtenu le nom du faussaire. J'ai regretté que ça ne soit pas Linnel. Un nom qui ne m'a rien évoqué. Mais, quand bien même il se serait appelé autrement...

J'ai ricané.

— Dites voir, monsieur Delarge, votre faussaire, il a d'autres talents, non ?

— Qu'est-ce que... qu'est-ce que vous voulez dire ?

— Il vous rend pas mal de services. Et il porte un costume en tweed et un burberry's, hein ?

— C'est vrai... mais vous pourriez brûler ma collection entière je ne pourrais pas vous en dire plus. Il n'a rien à voir avec les Beaux-Arts. Je ne connais presque rien de son passé. Je crois qu'il peignait, avant. Il a déjà eu des histoires avec la police mais ça ne me regarde pas. On ne l'exposera plus jamais nulle part. Je m'arrange pour le faire travailler.

Un artiste à sa manière, j'ai pensé. En fouillant dans le bureau annexe je n'ai trouvé qu'une lettre de Reinhard où il est fait allusion à une commande de 150 pièces. Je crois que ça fera l'affaire. A Béatrice de se débrouiller. Ça ne me concerne plus.

— Je vous propose de tout arrêter là. J'en sais trop sur vous, sur Reinhard et Linnel, je suis un danger vivant, je sais... Je ne veux plus vivre dans l'attente d'une visite de ce gentleman qui cette fois ne me ratera pas. Sachez que s'il m'arrive quoi que ce soit, la journaliste d'*Artefact* publiera un dossier complet sur ce qui m'est arrivé. Elle est capable de tout, non ?

— Cette... cette garce...

Je n'ai pas apprécié. Non. Encore un mot de trop.

Ni une ni deux je décroche l'aquarelle de Kandinsky et la pose à terre. Delarge est haletant, il regarde fasciné, plus gosse que jamais. Je rallume le briquet, il hurle à la pitié et j'aime ça.

— Vous ne pouvez pas faire ça ! Vous ne savez pas, vous ne pourrez pas !

Et brusquement je me dis qu'il a raison. Que ça ne servait à rien de brûler bêtement une œuvre d'art d'une telle envergure. Je ne me rends pas bien compte de ce que représente un Kandinsky. Je n'y connais rien. Je suis un béotien crasse. Je sais juste que c'est un nom qui impose le silence quand on le cite, qu'il est à l'origine de l'abstraction, et qu'il l'a découverte en tombant raide

193

d'admiration devant un de ses propres tableaux accroché à l'envers. Alors moi, brûler une pièce comme ça, j'ai trouvé ça mesquin. Que ça manquait foncièrement de plaisir, un geste pareil.

Alors je change d'idée, ou plutôt, de supplice. Près du livre d'or il y a des stylos, des feutres et un gros marker. Et je me suis dit : Vas-y Antoine, ça ne t'arrivera qu'une seule fois dans ta vie.

J'ai décapuchonné le marker avec les dents et l'ai brandi haut, dans le coin gauche de la toile. Derrière moi, j'ai entendu un cri déchirant qui n'a fait que m'encourager.

— Taisez-vous ! Il ne s'agit pas de défigurer votre toile, mais juste de lui rajouter deux ou trois bricoles.

Fond bleu, ronds verts barrés de traits, des figures géométriques qui se superposent, des triangles dans des losanges et des croix dans des ovales de toutes les couleurs.

D'un trapèze, j'ai fait sortir trois marguerites noires. Près d'un croissant de lune j'ai peuplé toute une zone d'étoiles à cinq branches. Ma main gauche est formidable. Elle retouche un Kandinsky. Il m'a suffi d'avoir confiance en elle. Devant un rond, je n'ai pas pû m'empêcher de redevenir enfant, et j'ai fait une bouche et des yeux, avec iris et pupilles.

Je lâche le marker à terre et me retourne.

— Et ben voilà, c'est pas mieux comme ça ?

Quitter Paris.

Un jour ou l'autre il me faudra bien passer par Biarritz. Mes parents méritent mieux qu'une lettre. De toute façon ils seraient venus. Un siècle de peinture ne m'est pas venu en aide pour le croquer, ce billet. Rien que des petites ébauches désuètes. Mais maintenant je peux faire la nuance entre manchot et gaucher, je saurai leur expliquer, et dédramatiser peut-être.

Encore une ou deux choses à régler, téléphoner à Béatrice, mettre au point un dossier en béton sur mes derniers jours passés à Paris, avec en prime l'instantané de l'*Essai 8*. Ça servira d'illustration. Est-ce vraiment la peine de repasser chez moi ? Ou même de prévenir Delmas ? Non. Il saura bien me retrouver si je devenais indispensable. Tout ce que je souhaite c'est qu'il continue de piétiner, longtemps, qu'il laisse tout le monde en paix, je n'ai pas envie de parler, de témoigner et de justifier de tout mes agissements. Ça me vaudrait sûrement pas mal d'emmerdements, entre les dissimulations de preuves et les agressions physiques, sans parler de l'obstination à faire justice moi-même.

La justice... On ne me rendra jamais ce que j'ai perdu, et le pire, c'est que je vais finir par m'en accommoder. Et oublier le billard. Bientôt. Tout ce maëlstrom de hargne m'a épuisé.

J'ai dormi plus d'une journée entière. Un ordre du corps. Un besoin physiologique de solitude. Le veilleur m'a préparé un sandwich, j'ai bu une bière avec lui, au petit matin, et je suis remonté dans ma piaule. J'ai attendu encore une nuit en essayant de repenser à cette histoire dans sa totalité, et j'ai tout remis en place. Paisible. Je me suis restauré tout seul, je reprends peu à peu ma couleur initiale. J'ai réussi, pour la première fois depuis longtemps, à faire coïncider mon réveil avec le matin. Mon horloge organique s'est remise à l'heure d'elle-même, et elle m'indique qu'il est grand temps de sortir d'ici.

Béatrice doit s'impatienter, j'aurais dû appeler en sortant de chez Delarge, mais j'avais trop envie de me retrouver seul en attendant que la fièvre tombe.

Il n'est que 10 heures du matin. Le gardien de jour a changé, je ne le connais pas. Quatre cents francs pour trois nuits, il me rend la monnaie sans cesser de fixer ma manche droite et ne daigne pas, ne serait-ce qu'une seule fois, me regarder en face.

— Je peux téléphoner, à Paris ?

Il pose l'appareil devant moi et sort de derrière son desk. Et moi qui commençait à perdre mon

agressivité, je me demande si je serais un jour en adéquation avec les autres.

J'ai d'abord fait le numéro du journal, mais, en tombant sur le répondeur, j'ai compris que nous étions dimanche. Et quand on ne s'en doute pas, ça fait un choc. Dimanche...

J'essaie chez elle.

— Béatrice ? C'est Antoine.

— ... Oui, une seconde...

Ça dure bien plus que ça. Je m'attendais à un râle de surprise, d'énervement, voire même une engueulade à cause de mon retard.

— Tu vas bien ? elle demande.

— Je ne sais pas. Je vais partir en province, et je voulais te...

— Où tu es ?

— Heu... à l'hôtel, mais je ne vais pas rester long...

— On se donne rendez-vous ?

Etrange. Je ne sais plus très bien qui j'ai au bout du fil. J'aurais pensé qu'elle me ferait cracher déjà beaucoup de choses au téléphone.

— Qu'est-ce qui se passe ? Je dérange ?

— Mais non, non. Tu passes chez moi.

— Pas le temps, je veux me tirer d'ici. On se retrouve à la gare de Lyon dans une demi-heure. Au buffet.

Elle attend une seconde avant d'accepter. Et de raccrocher, comme ça...

J'ai la sale impression qu'elle n'était pas seule. La fièvre remonte, d'une seule flambée. Quelque chose a dû m'échapper pendant mon sommeil.

Un truc qui réveille ma paranoïa, juste au moment où je commençais à refaire surface.

Je sors, vite, et tourne en direction du boulevard Beaumarchais. Elle avait la frousse, c'est évident. Delarge lui a foutu la trouille ? Il n'a pas du tout intérêt à se plaindre auprès de Delmas, il a un passif beaucoup plus lourd que le mien. Ou bien il a joué un truc, il a brodé une histoire qui me fout dans la merde.

Qu'est-ce qui lui arrive, à ma Galatée ?

En passant devant un kiosque je demande *Artefact* mais celui du mois est épuisé. Je prends trois quotidiens, deux d'hier et le *Journal du dimanche*. Un petit encart en première page me renvoie en page trois. Les feuilles me glissent des mains.

Assassinat d'un grand amateur d'art.

La tête me tourne, je suis obligé de poser le journal sur le trottoir pour le feuilleter.

La nausée m'est venue.

Le célèbre marchand d'Art, Edgar Delarge, bien connu dans le milieu de l'Art contemporain, a été retrouvé mort étranglé samedi matin dans la galerie Europe, dont il était propriétaire, rue Barbette dans le quatrième arrondissement. Son agresseur lui a tranché la main droite, que la police a retrouvée à quelques mètres du corps. Les enquêteurs n'ont pu constater aucun vol dans les quelques pièces de valeur qu'il gardait exposées dans sa galerie. Deux pièces pourtant ont été endommagées, une toile calcinée d'Alain Linnel, grand ami du marchand, et une autre de Kandinsky saccagée. A l'annonce de sa mort, et après une brève enquête, une journaliste de la revue Artefact *s'est immédiatement présentée aux autorités pour...*

Des passants se retournent sur moi, amusés de voir un type par terre, en train de retenir les feuilles de son journal en plein vent.

... livrer des informations concernant le meurtre. Les enquêteurs n'ont eu aucun mal à faire la jonction avec un dossier ouvert par le commissaire Delmas de la brigade de répression du banditisme...

Je m'essuie le front avec la manche. Mes yeux sautent des lignes et passent d'un mot à l'autre sans rien comprendre au sens.

Un jeune homme, Antoine Andrieux, aurait été directement désigné comme l'auteur du meurtre. Ancien assistant technique de la Galerie Coste, il...

J'ai chaud.

...et se serait vengé de l'agression où il a perdu la main en mutilant l'homme qui pour lui était responsable de son amputation.

Les phrases se brouillent, les mots sont vides, je dois m'accrocher à une fin de ligne pour rattraper la bonne, en dessous.

La jeune journaliste travaillait à un dossier compromettant qui devait révéler, en mai, une escroquerie du marchand. « Je voulais juste des renseignements sur " l'affaire Alfonso ", et je connaissais son désir de se venger de Delarge, mais en aucun cas j'aurais pu imaginer qu'il en viendrait là », a-t-elle déclaré aux policiers qui l'interrogeaient. Antoine Andrieux avait fait sa propre enquête afin de retrouver lui-même le

*coupable. Avec l'aide de la journaliste à qui il avait
proposé de faire « front commun » contre Edgar
Delarge, il avait réussi à remonter jusqu'aux
origines d'une histoire remontant à plus de vingt-
cinq ans, dans laquelle le marchand était déjà
impliqué. En 1964, lors d'un Salon...*

Tout y est. Je me suis forcé à aller jusqu'au
bout. Toute mon histoire est étalée là, sur quatre
grosses colonnes. Elle n'a rien oublié de leur dire.
La seule chose qui manque, c'est la fin. Ou le tout
début. Le complot des trois artistes pour éliminer
Bettrancourt. Le seul élément qu'elle n'avait pas.

*Le corps d'Edgar Delarge sera inhumé, mardi,
au cimetière de Ville-d'Avray...*

Des gouttes de sueur me glacent le dos.

*D'après le commissaire Delmas, l'arrestation
d'Antoine Andrieux est imminente...*

Je ne devrais pas rester là, presque allongé par
terre, le nez au vent. Boulevard Beaumarchais.

On recherche un manchot.

Qui a tué.

Qui a coupé une main. Il est impossible que je
ne sois pas celui-là. Ça ne peut être que moi.
Après tout, je l'ai peut-être achevé, là-bas, au
bout de sa laisse. Et j'avais tellement envie
d'avoir une deuxième main. Je l'ai sans doute
tranchée, et puis, j'ai oublié... Béatrice l'a vu
partir, ce fou de vengeance, vers celui qui l'avait
rendu invalide. Et avant ça, au vernissage, tout le
monde l'a vu, ce manchot, s'acharner sur le
même homme. Et il a sûrement laissé des traces,
là-bas, dans la galerie. Vu qu'il y était, cette nuit-

là. Sa culpabilité est même plus évidente que la mort de Delarge.

Et son arrestation est imminente.

Il est temps de remonter sur mes jambes, marcher, tourner le coin de la rue, partir. Pas vers la gare de Lyon, pas vers la rue de Turenne, ni le dédale du Marais. Nulle part. Arrestation imminente. Je vais fuir le regard des passants, je vais cacher mon bras, mon bras de manchot, un manchot qui ne connaît que la justice du talion, œil pour œil, main pour main. Les journaux disent que je suis passé de l'autre côté, je croyais bien m'être arrêté in extremis à la frontière, en limite de la zone libre. C'est Briançon qui avait raison depuis le début, avec ses images et ses métaphores.

Ne pas quitter Paris.

Mes parents auraient préféré me savoir manchot qu'assassin. Ça aurait été tellement facile de leur dire que j'avais une main en moins, comparé à cette inacceptable vérité. La police de Biarritz les a sûrement visités, déjà. Ce sont mes seules attaches au monde, mon seul abri possible. « *Quelqu'un à prévenir* » disait le médecin, à l'hôpital. « *Personne ? Vraiment ?* »

Comment ai-je pu me débrouiller pour vivre comme un étranger, avec mes deux demi-vies, celle du jour et celle du soir. Même Paris m'apparaît comme une menace d'exil.

Place Saint-Paul, une bouche de métro, deux directions, Pont de Neuilly, pourquoi pas, ou Château de Vincennes, pourquoi pas, un kiosque à journaux bourré de journaux, une cabine de téléphone, des gens en promenade du dimanche, une voiture-pie qui file vers Bastille.

Je ne tiendrai pas longtemps.

J'entre dans la cabine en pensant que la cage de verre m'isolera, un instant, du va-et-vient. Je n'ai pas d'agenda, juste un petit carré de papier avec l'essentiel de mes connaissances, plié dans mon étui de carte orange. Il faut que je parle à quelqu'un, lui crier mon innocence, il faut que j'arrive à en convaincre au moins un, un seul, et je n'en vois qu'un.

Il m'aime bien. Je n'ai jamais su pourquoi. Il m'a déjà hébergé.

— Docteur Briançon? C'est Antoine. Antoine Andrieux, il faut qu'on se voie, il faut qu'on parle…

— Non… Impossible…

— Vous avez lu les journaux?

— En fouillant chez vous la police a trouvé des billets que je vous avais laissés. Ils m'ont demandé des choses sur vous, un avis de thérapeute, les répercussions psychologiques de votre accident.

— Et qu'est-ce que vous avez dit?

— Ce que j'ai toujours pensé. Ce sur quoi je vous ai toujours mis en garde, votre violence refoulée, votre démission… Et tout ce que ça peut engendrer comme troubles du comportement. Pourquoi ne m'avez-vous pas écouté?

— Mais…

— Allez les trouver, Antoine. C'est le mieux à faire.

— Je n'ai tué personne.

— Ecoutez, ils m'ont demandé de les prévenir au cas où vous me contacteriez. Je ne cherche pas à savoir où vous vous trouvez en ce moment, je ne leur dirai pas que vous avez appelé, mais si vous venez ici je n'hésiterai pas une seconde. C'est le meilleur service à vous rendre. Alors, allez-y de votre propre initiative. C'est important.

Dans sa voix je sens toute la pondération de qui parle à un psychopathe. Une espèce de phrasé docte et précis qui vous pousse à en devenir un, si ce n'est déjà fait. Je ne dois pas me laisser avoir par ça. Il faut que je reste concentré sur cette dernière image, le marker qui tombe à terre et mon départ cynique, mon sourire satisfait après l'opprobre jeté sur un chef-d'œuvre. C'est comme ça que ça s'est passé. J'ai attendu un long moment avant de raccrocher.

— Vous savez, docteur... J'ai eu raison de refuser vos séances. Quand on a dévalé la pente, quand on est passé de maître à esclave, il n'y a plus que l'épreuve du quotidien, lente et fastidieuse, pour sortir du désert. Je ne me suis jamais senti aussi gaucher qu'aujourd'hui.

Je suis sorti de la cabine, le carré de papier écrabouillé dans la main.

Des gens m'attendent, au buffet de la gare de Lyon. Je les imagine. Béatrice, assise, morte de peur, un ou deux types, pas loin, assis devant un café en faisant semblant de regarder le panneau des départs, et Delmas, pas loin non plus, planqué dans le bureau des douanes, et d'autres encore, à chaque sortie.

Devant une nouvelle cabine, près du Pont de

Sully, j'ai essayé à nouveau, et je m'en veux d'avoir pensé à Véro... Ça n'a duré que quelques secondes, juste le temps de l'entendre bafouiller de surprise et de peur, elle aussi, « tu es... tu es... », elle n'a pas su trouver le mot, j'ai pas eu le loisir de l'aider, elle a coupé. Et je me suis pris à penser à sa place en imaginant toutes les hypothèses qui s'offraient à elle, et notamment une : je suis un assassin, j'ai toujours voulu la toile du dépôt, Nico ne me l'aurait jamais donnée, j'ai tué Nico. Pourquoi pas ?

Ile Saint-Louis.

Ciel ouvert.

J'ai besoin de m'emmurer vivant. Avant que d'autres ne le fassent. Je repense aux années qui viennent de s'écouler, aux individus avec lesquels j'ai échangé des paroles. Dans les derniers, il y a Liliane, Jacques, Coste. Ceux-là racontent déjà la triste histoire de l'accrocheur sanguinaire et secret qu'ils ont côtoyé chaque jour sans s'apercevoir de rien. « On ne savait jamais ce qu'il faisait après dix-huit heures. »

Qu'est-ce qui le faisait bondir hors de la galerie, comme si on le libérait du cachot, après dix-huit heures ?

Si. Moi je sais.

*

Il m'a fallu une heure, à pied, pour rejoindre la place des Ternes. Sur le trajet, en longeant le plus possible la Seine, j'ai essayé de marcher comme

204

un innocent. Et je me suis égaré. Jusqu'au Pont de l'Alma j'ai sincèrement pensé qu'un type en cavale avait des techniques bien au point, et que je n'étais qu'un novice, incapable de regarder autre chose que ses pieds, et qui blêmit à la moindre sirène alentour.

Et pourtant. Au fin fond de ma conscience lourde de tous les maux de la terre, une petite bouffée d'espoir est venue me sauver de la noyade.

Il y a eux. Trois, quatre, pas plus, et c'est énorme. J'étais leur junior, leur héritier, leur enfant prodige. Ils ont cru en moi. Ils se foutaient bien de savoir ce que je faisais avant dix-huit heures, du moment que j'étais là, à leur faire des tours de passe-passe avec la rouge et les blanches.

Ils m'ont vu grandir, timide, attentif aux conseils des vieux. Ils s'y sont mis à tous pour me faire travailler la gamme des coups, selon leur spécialité. Angelo m'a dit tout ce qu'on peut connaître sur le « massé », taper dans la bille pour lui faire faire deux choses à la fois, jusqu'à la rendre cinglée. René, avec sa science du « rétro », m'a appris comment on faisait reculer une bille, comme si, en pleine course, elle changeait brusquement d'avis pour revenir à l'exact point de départ. Benoît, dit « la marquise des angles » qui m'a livré tous les secrets du jeu en trois bandes. Et le vieux Basile qui m'a montré toutes les choses interdites, le saut périlleux des billes, les carambolages, les coups plombés, tout ce qui ne sert à rien mais donne du bonheur aux foules.

Tout ce qui, maintenant, est mort écrasé sous un quintal de féraille.

Je n'ai plus qu'eux, désormais. S'ils me ferment la porte de l'académie on m'ouvrira toute grande celle de la taule. Et je ne leur en voudrais pas, je me suis sauvé comme un voleur et je reviens comme un assassin. C'est beaucoup demander.

En attendant la fermeture officielle, 23 heures, je me suis interdit les cafés. Le Parc Monceau m'a semblé être le seul endroit possible alentour. J'aurais voulu m'allonger sur un banc mais je me suis efforcé d'être le plus convenable possible, le plus anonyme des badauds, un type qui prend le frais en mangeant un sandwich, en lisant de très près le journal du dimanche, et en cherchant quelle espèce d'ordure avait bien pu lui mettre un crime sur le dos. Sur ce dernier point je n'ai pas tergiversé longtemps. Un nom m'est venu très vite.

Au loin j'ai vu un homme en costume bleu prier les promeneurs de bien vouloir sortir. Sans attendre qu'il vienne à moi j'ai quitté mon banc sans faire d'histoire. Entre 17 et 23 heures j'ai marché, encore et encore, sur les Champs-Elysées et autour de la Place de l'Etoile. Je ne tiens plus debout. René doit empoigner ses clés, maintenant. Il a rangé les billes dans les compteurs en criant la fermeture à la cantonade. Angelo se demande si sa femme l'a attendu, devant la télé, et Benoît propose à qui veut bien, un dernier petit frotin. En bas, l'enseigne verte est toujours allumée. Mon cœur s'emballe, peut-être à cause de ma dérive, peut-être à cause d'eux, là-haut, qui ne m'attendent pas. J'ai tourné en rond en n'oubliant aucun feu vert, en faisant des détours pour traverser dans les clous. Avant de m'engager dans les escaliers je respire un grand coup. Jamais je ne les ai montés aussi lentement. Trois adolescents descendent, encore excités, et surpris qu'il fasse déjà nuit. Au seuil des portes battantes, je colle mon front contre la vitre pour voir si l'extinction des lumières a déjà commencé, ou bien s'il reste encore un ou deux piliers qui n'ont définitivement plus envie de rentrer.

Le lampadaire rose de la table 2 est encore allumé. Angelo regarde par la fenêtre, une bière à la main. René étale les bâches sur les tables. Benoît joue, seul, en faisant un peu de cinéma, mais personne ne le regarde frimer. C'est l'ambiance moite du dimanche soir. J'ai presque envie de fuir pour ne pas troubler leur tranquillité. Leur lenteur. Ils m'ont peut-être déjà oublié. S'il n'y avait pas cet avis de recherche qui me colle aux talons je serais déjà loin. Il est des jours où l'on a beaucoup de mal à respecter ses décisions de principe.

René a aperçu une silhouette, derrière la porte. « Fermé ! », il gueule. J'entre. Ils lèvent tous les trois le nez vers moi. La manche dans le dos, je m'arrête au bord de la première table.

J'attends.

Angelo glousse.

René cherche quelque chose à dire.

— C'est à cette heure-là qu' t'arrives...

Benoît s'approche de moi, Angelo ricane :

— Aaah... c'est toi, Pomponnette ! Salope ! Et

lé pauvre Pompom, tout seul, là, il se fézé du souci...

Je le retrouve intact, avec sa gueule de rital et son imitation de Raimu. Il y a des choses immuables, en ce bas monde. Et Benoît, planté devant moi, qui me pince l'épaule pour voir si c'est pas du toc.

— C'est toi, Antoine ?

— Bah... ouais.

— Et ben si c'est toi, t'es qu'un bel enfoiré.

Une seconde j'ai paniqué. Il a lu les journaux ? Non, ça m'étonnerait, il a déjà du mal à acheter l'*Equipe*.

— Enfoiré, va... T'as honte de nous ? T'es parti jouer à Clichy ? Et Langloff, hein ? Il a téléphoné dix fois.

Le trio m'a entouré lentement. Pour me casser la gueule ils ne s'y seraient pas pris autrement. Je n'ai pas su quoi répondre, aucun mot n'aurait pu expliquer quoi que ce soit. J'ai simplement remonté ma manche pour découvrir le moignon. J'ai su que, comme excuse, ça suffisait.

— Regardez vite, parce que je vais le ranger.

René, feignant l'assurance, a cherché quoi dire, encore.

— C'est pas une raison.

Ils n'ont pas osé m'embrasser. Ça, on ne l'a jamais fait. Tour à tour, ils m'ont serré contre leur cœur. Comme un con, j'ai dit que j'allais chialer, et ils se sont foutus de moi.

*

Qu'est-ce qu'il fallait que je dise? J'ai avoué mon boulot à la galerie. Rien que ça, ils ont eu du mal à comprendre. J'avais l'impression de parler une autre langue. Le seul rapport que René ait jamais eu avec la peinture, c'est en scotchant au mur un couvercle de boîte de chocolat à l'effigie du « Clown » de Buffet. Benoît m'a demandé si « contemporain » voulait dire « moderne ». Quant à Angelo, il a juste tenu à préciser que la Joconde appartenait à l'Italie, et pas au Louvre. Comment leur expliquer que des gens pouvaient s'entre-tuer pour trois carrés rouges sur fond noir, ou trois bassines renversées sur des boîtes de conserve? A mesure que j'avançais dans mon histoire, en jaugeant leur scepticisme, j'ai compris comment la raconter. La main. Ils n'ont vu que ça. La main. Je l'avais perdue, je ne pourrais plus jamais jouer, je voulais retrouver celui qui m'avait fait ça. Simple. Point final, tout le reste, c'était du bla-bla, des histoires de fric, comme partout ailleurs.

En parcourant l'article me concernant dans le journal, ils ont compris le principal : je suis sérieusement dans la merde. Contre toute attente, ils ont cru immédiatement à ma version des faits concernant l'autre main, celle de Delarge.

— Le gars qu'a fait ça... il a voulu se faire passer pour toi, à tous les coups! a fait Benoît.

— Et c'est une vache de bonne idée! a ajouté René.

— Même si moi ze soui flic, z'en doute pas une minoute.

— Et tu vas vivre où, maintenant ?

J'ai béni René pour cette question.

— Je ne sais pas. J'ai cherché toute la journée. Je dois trouver un endroit pour quatre ou cinq nuits. Je sais qui a fait ça.

— Et t'en feras quoi, si tu l'alpagues ?

— Je ne sais pas encore.

— Ma qué ! Faut pas déconné hé managgia ! Célui qui mé fé ça y'é lui fé bouffé la mano in ossobuco !

Bonne idée, Angelo. A retenir...

René, ferme et définitif, pointe l'index vers moi.

— Tu vas arrêter de faire le con, tu resteras ici un point c'est tout. Je t'ouvre le débarras et tu dors sur les bâches, tu te démerdes. Aux heures d'ouverture je t'enferme à clé, y'a pas beaucoup de curieux ici mais on peut toujours tomber sur un fouille-merde. Le soir, je ferme un peu plus tôt et t'iras respirer sur le balcon, avec nous. Et vu que t'auras dormi toute la journée, le soir tu pourras... Je laisserai une lumière allumée, tu pourras te détendre...

— Et on se détendra avec toi, fait Benoît.

Je rêve ou j'ai bien saisi l'allusion ? J'aurais dû m'en douter. Question détente, ils vont être déçus. En revanche, je viens de gagner quelques heures de sursis. Ce cagibi, c'est le havre de paix, le palace des cachots, le George V du cavaleur. De quoi retarder l'imminence. René, l'homme aux clés d'or, celui qui prend vraiment le risque d'abriter un criminel, n'a pas l'air de soupeser tous les risques. Loin de moi l'intention d'éveiller sa méfiance. Ce n'est pas une aubaine, qu'il m'offre, c'est ma dernière chance. Dehors je n'aurais pas tenu deux nuits. Je ne suis pas fait pour ça, je n'ai pas l'étoffe d'un slalomeur, et je n'ai jamais su foncer entre les gouttes pendant un orage. Ça demande de la dextérité, et je ne suis plus dextre, je suis gauche.

Au milieu de la nuit, ils ont levé le camp. J'ai bien vu que René, sans en rajouter, a laissé un boîtier de boules ouvert, bien en évidence. Il n'a ni éteint ni recouvert la table 2. Je ne sais pas ce qu'ils espèrent. Vraiment pas. Ils savent comme moi que c'est foutu.

Dans le silence de la nuit, la salle retrouve la majesté de la toute première fois. Sans la ronde des joueurs et la valse des billes, les tables ressemblent à des lits vides et presque accueillants. Mes pas font craquer les lattes de bois. Assis au comptoir, je sirote une bière. Sans penser à rien. Je traîne. Un peu à contrecœur, je prends les trois boules et les jette sur la table 2. Je retrouve le délicieux bruit du choc. Avec la main j'en fais glisser une vers la bande opposée, pour la voir revenir, et recommencer, encore une fois, et une fois encore, pour faire passer le temps, le temps du souvenir. J'ai continué un bon moment, en attendant la douleur.

Qui n'est pas venue me tirailler le cœur.

C'est sûrement une bonne nouvelle.

Je suis presque guéri du billard.

La nuit a été trop brève, la journée interminable et le sandwich de René plus étouffant encore que son cagibi. Entre une paillasse de bâches vertes, une forêt de queues ébréchées et une caisse d'ampoules mortes, j'ai attendu que le brouhaha des parties s'estompe. Le plus petit geste déclenche une pluie de poussière et je me bouche les narines pour ne pas éternuer. Les journaux n'ont rien ajouté, hormis une vague mise au point sur l'histoire avortée des Objectivistes. Je me demande bien où ils auraient pu trouver ma photo. J'avais peur de ça, en fait. Angelo, avec le sourire du trappeur, est venu me libérer du piège vers dix heures du soir. En passant du noir blafard au noir bleuté je me suis précipité au balcon, comme en apnée. Je ne sais pas si c'est la claustration, le quatrième étage, la fausse faim, l'air libre, ou le simple fait que Benoît ait disposé les boules sur la table 2, mais j'ai été pris de vertige. Les boules m'attendent, les joueurs me regardent, le refus et la déception vont saper l'ambiance.

— Je ne jouerai pas, les gars. Commencez pas, je dis, entre deux bouffées d'air.

René s'approche de moi.

— Te braque pas... J' suis sûr qu'avec le temps... Bon, d'accord, c'est pas évident de plus avoir de main directrice, mais avec un bon appareil tu pourrais refaire des petites choses.

Je vois... Le futur champion est mort mais le

copain reste. Après tout, on vient à l'académie pour passer de bons moments, et pas forcément pour atteindre les cimes éternelles du jeu le plus parfait du monde. C'est louable, comme intention. Mais je me suis tout de même mordu la lèvre afin de ne pas l'insulter.

— C'est bien ce qui me fait peur, les petites choses. Pour l'instant ça va, j'ai presque plus envie de jouer, mais si vous insistez vous allez me faire beaucoup de mal.

Benoît s'est mis à jouer et Angelo a cessé de regarder vers moi.

— Tu veux manger un bout ? me demande René.

— Non, une petite bière, j'aimerais bien.

— Moi yé sais pourquoi il réfouse dé jouer, l'Antonio. C'est parcé qu'il a perdou la main.

Silence total. J'ai dû mal entendre. Benoît a presque fait une fausse queue.

— Tu devrais pas dire des trucs comme ça juste quand je vais jouer, crétin !

— Ma c'est vrai, no ? L'Antonio il a pas eu la main heureuse.

Qu'est-ce que je fais ? Je ris ou je lui casse la gueule ? Un sourire se dessine sur les lèvres de Benoît.

— Faut dire qu'avant il jouait de main de maître, Antoine.

René s'est remis à taper dans la bille, avec les autres.

— Il pouvait garder la main plusieurs parties de suite.

Je ne comprends plus ce qui se passe. Ils n'ont

pas vraiment l'habitude de faire dans la dentelle, mais là...

— D'ici deux ans, il aurait eu la mainmise sur le championnat.

Benoît, très sérieux, remet ça.

— Ah ça, on peut dire qu'il faisait main basse sur les points.

— C'était du cousu main ! hein, les gars ?

Hébété, je les écoute, sans défense. Ce sont mes copains ou ce ne sont plus mes copains ? Ils ne me laissent pas une demi-seconde pour riposter.

— Il a eu la main lourde, là-bas, chez les marchands de peinture.

— Bah tiens... et les flics ont failli le prendre, la main au collet.

Les éclats de rire fusent et je reste là, comme un con.

— Il veut réméttre la main sour lé coupable, tout seul.

Le rital essaie de retenir son rire au maximum. Pas longtemps, juste le temps d'ajouter :

— Ma pour lé biliardo, il a passé la main !

— Mais... Vous avez révisé avant de venir, ou quoi ? je demande, stupéfait.

— On voulait juste que tu te refasses la main sur des petits points, c'est tout...

— Bande d'enfoirés.

— Mais si tu veux pas, on peut pas te forcer la main, hein !

Benoît se tient les côtes, les deux autres redoublent de spasmes.

— Et lé coupable, il veut sé lé faire mano à mano...

Je regarde le sol, dépité. Et malgré moi, un petit gloussement m'échappe.

— Vous voulez ma main sur la gueule ? j'ai dit.

— Non ! Jeux de main, jeux de vilain !

C'est le coup de grâce. Benoît s'affale sur la banquette, les bras croisés sur le ventre. René, pris de convulsions, ne peut plus s'arrêter. Angelo s'essuie une larme au coin de l'œil.

A moitié étourdis ils s'approchent de moi.

— Tu nous en veux pas, hein ? On est cons, hein ?

— Y'a pire que vous, j'ai dit.

Le silence revient, lentement. Les abdominaux en feu, je retourne sur le balcon. Un rire nerveux, soit, mais qui dédramatise. J'aurais aimé que Briançon me voie, deux secondes plus tôt. J'ai accepté l'idée que je ne jouerai plus et je peux rire de moi-même, sans amertume, sans cynisme. Bientôt je saurai si j'ai un avenir quelque part. Une dernière petite chose à faire et les flics feront de moi ce qu'ils voudront. Dès demain soir je quitterai mes amis. Loin de moi l'intention d'abuser de leur hospitalité. Dans mon clapier, aujourd'hui, j'ai reformulé mon droit moral à la vengeance, et cette fois-ci, avec le meurtre dont je viens d'hériter, je ne dois plus me priver de rien. Aucune raison d'avoir de scrupules. Quand j'ai vu Delarge, à terre, en train de vomir ses dernières haines, j'ai fait machine arrière. J'ai eu pitié de lui et non plus de moi. Mon stock de fiel s'était asséché au fil du temps. Mais je vais bien en retrouver une dernière petite giclée. C'est comme l'adrénaline, sans rien dire, on en sécrète.

*

René est venu me délivrer à la même heure que la veille. Les trois compères savent que je vais partir et plaisantent peu.

— T'as des trucs à régler, on sait. Tâche de revenir, un jour, sans trouille. Si on doit lire des canards pour avoir de tes nouvelles...

Qui sait quand reviendra... Je ne reviendrai pas en hors-la-loi, c'est trop inconfortable, trop poussiéreux. J'aurai quitté cette peau de criminel qui me va encore plus mal que mon propre accoutrement de clodo. Je reviendrai tranquille, douché, rasé, l'âme en paix.

J'ai demandé à René de passer un coup de fil chez celui qui ne m'attend pas, ce soir. Celui qui travaille la nuit, pour changer la couleur de ses couleurs. Je savais bien qu'il répondrait, j'en ai eu l'intime conviction au moment où je suis sorti de mon cachot pour aller respirer l'air de la nuit.

— Excusez-moi, j'ai fait un faux numéro, a dit René.

— Bille en tête ! a crié Benoît, sans savoir vraiment pourquoi.

Je suis parti sans dire au revoir, Angelo m'a suivi dans l'escalier. Hier, déjà, j'ai refusé qu'il m'accompagne.

— Non fare lo stupido, grimpe dans la voi-toure, imbecille…

J'ai posé mon sac sur le siège arrière et me suis assis à côté du rital Angelo. L'angelot. Pour éviter la Place de l'Etoile il a pris la rue de Tilsit. Une prudence qui m'a étonné.

— Au fait, c'était quand la finale du championnat ?

— La sémaine dernière. Bella partita, c'est le Marseillais qui a lé titre. Langloff a fini quatrième.

Une place correcte, pour un baroud d'honneur.

— Et toi, tu t'es jamais inscrit, Angelo ?

— Zé suis pas franchésé, d'abord. Et poui, zé mé féré sortir au prémier tour. Moi zé zou pas al billiardo per la compétizionne.

— Alors pourquoi tu joues, alors ?

— Ah ça… Ma… Perché lé vélour il est vert, les boules elles sont blanches et rouze. C'est les couleurs dé mon drapeau ! Ammazza !

Nous sommes restés silencieux tout le reste du trajet. Aux abords du Parc Montsouris, pas loin de la rue Nelson, il a arrêté le moteur et j'ai pris mon sac sur les genoux.

— Qu'est-ce qué zé po faire, maintenant ?

— Rien. Tu ne peux plus m'aider.

— Zé po attendre en bas ?

— Ne dis pas de conneries. Tu ne sais pas encore ce que je vais faire.

— Tou é sour qu'il est seul ?

— Parfaitement sûr.

— Et tou a bésoin de trainer cé sac ?

Après tout, non, c'est vrai. Il n'y a guère qu'un objet qui m'intéresse, dedans. Je fouille entre les vieilles fringues et les paperasses pour l'en sortir. Je l'ai fait ostensiblement devant lui, pour qu'il arrête de vouloir m'aider. Quand je l'ai en main, Angelo tressaille.

— Qu'est-ce qué tou va féré avec cé trouc ? Arrête-toi dé déconner, Antonio. Tou né va pas té servir dé cette salopérie.

Inquiet, Angelo. C'est ce que je voulais.

— Zé t'emmène, va, laisse tomber tout ça... Zé dé la famille, in Italia, ils té trouvéront un endroit pour quelqué mois, et après on verra, tou pourras partir... Zé sé pas... Lâche ce trouc...

— Tu veux toujours m'accompagner ?

Il n'hésite plus.

— Si tou é dévénou fou, zé préfère pas.

A grand-peine je parviens à enfouir l'objet dans la grande poche intérieure. Il n'y restera pas longtemps. Je l'avais acheté après ma convalescence.

— Tu rentres chez toi, maintenant, Angelo ?

— Non, zé rétourne all'accademia. Quand zé zoue ça mé calme, et zé pense à rien d'autre.

Il a démarré, comme ça, sans rien ajouter. J'ai remonté la rue Nelson qui n'est rien de plus qu'une impasse où sont alignés des pavillons chics tous hauts de trois étages, avec jardin et haie de roses. Au numéro 44, presque au bout du cul-de-sac, l'aspect général est un peu différent. Le jardin est à l'abandon, avec un buisson aux fleurs séchées et un tuyau d'arrosage rouillé près de la grille. Rien n'est allumé aux étages, mais, au rez-de-chaussée, un peu en contrebas, je devine une lueur, au fond, sur la façade arrière. La grille m'arrive à la taille, avec les deux mains je l'aurais escaladée comme un rien, sans faire de bruit, et sans m'accrocher aux piques. Comme un chapardeur de pommes. Je suis gaucher sans en avoir l'histoire.

Elle n'a pas trop grincé mais j'y ai laissé un pan de ma veste. Une petite allée de gravier longe le flanc droit de la maison et conduit à l'autre jardin, derrière, encore plus délabré que le premier. Le chiendent et le lierre sauvage entourent une énorme baie vitrée aux portes coulissantes qui remplacent le mur du rez-de-chaussée. Dans l'arête de l'angle, j'ai mis longtemps à me décider avant de regarder à l'intérieur.

Et j'ai vu, enfin.

Deux puissants spots convergent sur un mur. Leur insoutenable lumière blanche éclaire un marasme. Une tranchée creusée dans des dizaines de boîtes de peinture échafaudées en quiconque, la plupart fermées et toutes dégoulinantes de croûtes sèches aux couleurs brouillées. Des pots vides, retournés, des couvercles entassés et collés entre eux depuis des lustres, des tubes écrasés, une myriade de petits verres pleins du même bouillon verdâtre, avec des pinceaux oubliés, dedans, ou posés à terre. Une jatte de cuivre contenant d'autres pinceaux, près de plein d'autres verres et d'éclaboussures, j'en découvre toujours de nouveaux jetés çà et là dans la pièce. Une jungle de journaux a envahi le moindre recoin, un tapis de papiers maculés et déchirés par les pas. Des planchettes couvertes de peintures mélangées, il est impossible d'en reconnaître une seule. Une énorme toile encastrée entre le plancher et les poutres du plafond prend l'exacte dimension du mur. On jurerait une fresque. Elle n'est déjà plus blanche, sur le côté gauche je retrouve les coups de pinceaux que j'avais vus à Beaubourg.

Accroupi, devant, figé comme un animal qui va mordre, je l'ai enfin repéré. Lui. Linnel. A pied d'œuvre. Il a presque fallu qu'il bouge pour que je puisse identifier un corps humain au milieu de ce cataclysme bariolé. Il l'est jusque dans le cou, lui aussi, avec son tee-shirt blanc et son jean suintants de vert et de noir. J'ai bien compris, il cherche à se confondre avec le reste. Tactique de caméléon. Il a cru m'échapper, camouflé, immobile, perdu dans la luxuriance de son travail. Il reste accroupi, totalement seul, à des milliers de kilomètres de mes yeux, tout tendu et aimanté vers l'espace blanc.

Tout à coup il s'allonge entièrement dans la mélasse des journaux et renverse un verre d'eau, sans y prêter la moindre attention. Et se relève, d'un bloc, pour tremper un pinceau dans un pot bavant de jaune. Le pinceau dégouline jusqu'à une planchette et plonge dans une grasse couche de blanc. Linnel se met face à la toile, bras tendu.

Et à cette seconde-là, sa main s'est envolée.

Je l'ai vue tournoyer dans l'espace et piquer comme une guêpe, çà et là, faisant surgir des touches claires et disparates, je l'ai vue butiner partout, loin du reste du corps, en créant une géométrie anarchique et évidente. Je l'ai vue effleurer, aérienne, une zone oubliée, puis changer d'avis, brusquement, pour retourner prendre de la couleur. Plus fébrile que jamais elle est revenue par saccades, lâchant des arcs noirs partout, la plupart brisés au même endroit, en revenant sur certains pour les rendre plus lisses ou plus courbes.

Linnel est revenu à lui, son regard a glissé partout pour débusquer un autre pinceau, plus épais. Même mélange, même rapidité, d'autres bavures par terre. De retour à la toile, sa main s'est écrasée dessus pour tracer une longue bande jusqu'à l'épuisement du pinceau. Furieuse, coulante de jaune, elle s'est mise à claudiquer en longeant la ligne, dérapant par endroits et se rattrapant à l'horizon qu'elle venait juste de créer.

Je me suis assis dans l'herbe froide. J'ai posé la tête sur un montant de métal sans quitter des yeux la main qui, quelques secondes est retombée, fatiguée, ballante, avec le pinceau.

Linnel l'a lâché, n'importe où, puis a retourné le pot de blanc presque vide. Avec un tournevis il s'est agenouillé près d'un autre, gros et neuf. Le couvercle arraché, il a mélangé la pâte avec un bâton et y a trempé une large brosse qui s'est gorgée de blanc. Des deux mains, cette fois, il a balayé toute la toile d'un voile presque transparent. J'ai assisté, en direct, à la métamorphose. Tout le travail précédent s'est mis à renaître sous le voile. Les touches encore humides ont éclos, les arcs se sont rejoints d'eux-mêmes, la trame de la bande sombre s'est figée dans l'unicité ambiante, et les zigzagś, en bordure, ont tous dénivelé dans le même sens, comme pour s'échapper du cadre.

Linnel s'allonge sur le ventre, en bégayant un râle absurde. Je pose mon front contre la vitre. De ma vie je n'ai vu un spectacle aussi bouleversant.

Mais ça va passer.

J'ai fait coulisser une porte vitrée mais le bruit a mis un temps fou à lui réveiller la conscience. Il a daigné relever la tête, pourtant. Ses yeux vides m'ont toisé. J'ai pensé qu'il fallait profiter de sa prostration pour l'immobiliser à terre, mais j'ai compris qu'il n'avait aucune envie de se relever.

— Déjà ? il demande, à peine surpris.

Il se redresse vaguement, sur un coude.

— Je suis un peu dans le coaltar. Permettez que je reprenne mes esprits, trois secondes, il dit.

J'ai souri en pensant qu'à notre première rencontre, il m'a tutoyé.

— Vous seriez arrivé un quart d'heure plus tôt vous m'auriez dérangé. Vous êtes venu pour brailler, hein ? Pour faire du bordel...

— La seule façon de faire du bordel ici serait de remettre un peu d'ordre dans tout ce merdier par terre.

— Quel merdier ?

J'ai oublié que c'était un fou. Mais cette fois, plus d'alcool, plus d'ironie. Nous sommes en tête à tête, sans public. Ce soir il n'a pas la vedette, pas de fans, pas de journalistes, pas d'acheteurs. Rien que moi.

— On va s'expliquer entre nous, sans drame. J'ai horreur du drame, dis-je.

— Le drame, il est là, sur le mur, dit-il en montrant la toile. Le seul drame qui en vaille la peine. Ce soir j'ai eu ma dose. Qu'est-ce que vous voulez. Qu'est-ce que vous voulez vraiment?

En premier lieu, qu'il quitte sa superbe, son air détaché, son visage détendu. Et je sais comment m'y prendre : il suffit de répondre vraiment à sa question. Sans mentir. Rien qu'avec un geste. J'ai sorti le truc qui faisait tant peur à Angelo. Une fois bien en main, j'ai avisé une planchette en bois à équidistance de Linnel et moi. Je me suis agenouillé aussi. Et d'un coup sec, j'ai planté le hachoir dedans.

Il l'a fixé, bêtement, comme s'il voulait se regarder dans le miroir de la lame. Peu à peu, il s'est reculé doucement du hachoir en glissant sur ses fesses. J'ai repris le manche pour le décoincer.

— Ne bougez plus. Sinon cette horrible chose va s'abattre n'importe où, au petit bonheur, et ce n'est pas la main que vous risquez de perdre.

— Vous n'êtes pas allé jusqu'au bout, avec Delarge, alors... pourquoi maintenant?

— Je m'étais calmé, ça n'en valait plus la peine. Et puis, prendre la main de Delarge n'aurait servi à rien, elle était juste bonne à serrer celle des critiques et à signer des chèques. Autant dire, rien. Il faisait partie des neuf dixièmes de l'humanité qui ne s'interrogent pas sur l'extraordinaire outil qu'ils ont au bout du bras. Le vôtre

223

m'a offert la plus belle démonstration du monde. Un peintre au travail.

— Vous avez vu... ?

— J'ai adoré ça. Vous avez la main du pendu, la clé magique, celle qui ouvre toutes les portes. Celle que je n'ai plus. Quel honneur pour ma pauvre gauche de tenir votre droite. Pendant que, de l'autre, encore malhabile, vous téléphonerez au samu.

Il a compris. Sans me demander de répéter.

— Téléphoner, je peux le faire tout de suite... A Delmas... Je peux encore lui avouer la vraie version...

— Et alors? Vous iriez en taule? Et vous continueriez à peindre. Pas question. Dites-moi plutôt comment vous avez fait, avec Delarge, parce que moi, je n'ai encore jamais tranché la moindre main de ma vie, et j'ai besoin de conseils.

Il écarte deux ou trois verres pour mieux s'allonger. J'ai compris que ce soir, je vais avoir beaucoup de mal à lui foutre la trouille.

— C'est simple, vous savez... Pendant vingt ans j'ai cherché l'occasion de me défaire de lui et de son chantage. Ce soir-là il m'a appelé au secours, vous veniez juste de partir, et en le voyant pleurer, par terre, avachi dans sa galerie, j'ai compris que c'était enfin la chance à ne pas rater. Il suffisait de l'amputer et tout le monde penserait forcément que c'était vous. Vous êtes un con fini d'avoir défiguré le Kandinsky. Vous ne réalisez pas ce que vous avez fait. Quel crétin irresponsable... On ne peut pas faire ça à la mémoire d'un homme pour qui la peinture représentait tout.

Il marque un temps.

— Et puis, vous êtes gonflé, quand même, vous auriez pu brûler le Braque au lieu de ma toile !

— De quel chantage vous parlez ?

— Oh ça, là-dessus il n'a pas dû s'étendre, j'imagine… Après la mort de Bettrancourt il a été clair : je travaille pour lui, à vie. Mille fois on m'a fait des ponts d'or dans les plus grandes galeries françaises.

— Et vos deux complices ?

— Etienne a eu le meilleur réflexe, il s'est envolé vite fait vers la Babylone de l'art qu'était devenu New York, le contemporain avait changé de continent. Mais moi je n'avais aucune intention de quitter Paris. Je voulais peindre, chez moi, malgré tout, Delarge m'en a offert la possibilité. Claude, en revanche, était dans le même bain que moi. Delarge s'est félicité en le voyant reprendre l'étude de son père. Un jour où l'autre ça lui servirait aussi. La preuve : Claude n'a pas pu refuser l'escroquerie des Alfonso. Tant pis pour lui, jamais il n'a pensé que ça lui tomberait dessus. Vingt-cinq ans plus tard.

Il semble satisfait d'avoir dit ça.

— De nous deux, c'est vous le dingue, Linnel. Pourquoi avoir copiné avec moi, le soir du vernissage ?

— Quand on a vu un manchot débouler à Beaubourg, on a compris très vite. Celui qui vous avait fait ça était un homme de…

— Homme de main, oui, dites-le. Il y en a plein, comme ça, dans la langue française.

— Un sbire de Delarge, disons. Il nous a raconté sa prestation, chez Coste. Je voulais savoir quel genre de mec vous étiez, et ce que vous aviez dans le ventre. Quand vous avez cassé la gueule d'Edgar ça m'a donné confiance. J'étais de tout cœur avec vous. Et puis, j'ai attendu, tranquillement, que vous lui rendiez visite, en solo.

Je me suis approché de sa toile en restant à distance raisonnable de son crâne. L'odeur de peinture m'a picoté le nez.

— Et la toile de Morand. L'*Essai 30*. Elle était aussi dangereuse que ça.

— Delarge, Claude et moi étions d'accord pour la retirer au plus vite de la circulation. Vous voulez la revoir ?

— Elle n'est pas détruite ?

— Edgar voulait, mais je n'ai pas pu. Vous savez... j'ai compris pourquoi Etienne l'a faite. Pour se souvenir de nous, d'abord, de ce que nous étions. Et pour expier. Regardez, elle est presque à vos pieds, dans un linge.

Elle traîne au sol, enveloppée dans une serviette blanche. Je la déroule avec deux doigts, sans me défaire du hachoir. Je la reconnais.

— Aux Beaux-Arts, Etienne était déjà fasciné par les anamorphoses et les miniatures. Il pouvait passer des semaines entières à étudier la calligraphie chinoise. Il avait même un projet de thèse sur les mouches perdues dans les toiles des primitifs hollandais. J'ai gardé ici même des petits

226

chefs-d'œuvre, comme une reproduction de la Cène de De Vinci sur un timbre-poste. C'est un joyau authentique. Une fois, pour reprendre une vieille tradition chinoise, il nous a prouvé qu'il pouvait écrire un poème sur un grain de riz. Il voulait même en faire une spécialité, les détails cachés, invisibles. Il adorait cette toile de maître qui représente une coupe de vin pleine, avec une goutte qui glisse sur un bord.

— Connais pas.

— Il a fallu longtemps, très longtemps avant de découvrir que, dans la goutte, pas plus grosse qu'une tête d'épingle, le peintre avait fait son autoportrait.

— Quoi ?

— C'est la pure vérité. Une visiteuse l'avait regardé plus précisément que tout le monde. Maintenant, si vous vous penchez sur l'extrémité de la flèche d'église, vous y verrez... Mais je n'ai pas de loupe, je suis désolé...

— J'aurais vu quoi ?

— Le visage de notre honte. Les traits de notre propre remords.

— Le portrait de Bettrancourt ?

— Oui. Incroyablement fidèle. Et ce n'est pas tout. En scrutant bien la couleur on comprend qu'elle recouvre un texte. Je suis étonné que Coste n'ait pas vu ça.

— Un testament ?

— Un aveu. Détaillé, mais un aveu tout de même. Un jour ou l'autre, il est évident que tout cela aurait émergé. Sous les écaillures on aurait pu lire à livre ouvert. En jouant avec différents types de peinture, Etienne avait tout prévu. Un alchimiste, Etienne. Un magicien. Vous comprenez qu'il valait mieux ne pas laisser cette chose traîner entre toutes les... les mains.

Je n'ai pas relevé. Il ne l'a pas dit avec intention. En ce qui concerne les mystères de la toile et l'urgence de la soustraire aux regards pointilleux, je comprends mieux l'œil intrigué de Jean-Yves, et ce, trente secondes après qu'elle fut accrochée.

— C'est Bettrancourt qui a conçu le premier *Essai,* non ?

Il sourit.

— Julien disait toujours : il n'y a que trois arts majeurs : la peinture, la sculpture et la barre à mine. Il nous parlait déjà de Rothko et de Pollock, de l'expressionnisme abstrait, pendant que nous, nous en étions encore à nous pâmer sur les délicats mystères du *Déjeuner sur l'herbe* de Monet. Il invectivait les petits studieux de notre espèce, fallait voir... « Les objectivistes » c'était lui, et personne d'autre. Il a tôt fait de nous embrigader.

— Et Delarge est venu foutre la merde.

— Oh ça, c'est le monde réel qui nous a tout de suite ramené au concret et au palpable. Julien l'a tout de suite senti venir. Mais nous, c'était facile de nous embobiner, il était venu visiter notre atelier, à Etienne et moi. Il a tout fait pour que nous laissions tomber Julien. Et à la longue, on a fini par se poser des questions, surtout quand on a vu les moyens qu'il mettait à notre disposition. Il nous a présenté Julien comme une sorte de fasciste qui nous empêcherait à jamais de nous exprimer. C'est lui qui nous a suggéré l'idée de l'accident.

— Ce que vous appelez pudiquement un accident est un meurtre en bonne et due forme. Ne jouez pas sur les mots. Ensuite il y a eu le remords de Morand et la trouille de Reinhard.

— Le plus étrange c'est la manière dont cette mort s'est répercutée dans notre peinture, à Etienne et moi. Lui, c'était le noir, et moi, tout le reste.

— Le vert de l'espérance.

— Non, celui de la moisissure.

— Comme quoi, une main peut servir à un tas de choses différentes, peindre, bricoler une voiture, tuer un copain. Et d'autres choses encore.

Il trempe ses doigts dans un gobelet et continue de jouer avec la toile humide. Ça dégouline de plus en plus.

— Vous savez, ce n'est pas nouveau, en cherchant bien on peut mêler l'histoire de la criminalité à celle de la peinture. Au début, on peignait comme on tue, à main nue. L'art brut, on pourrait dire. L'instinct avant la technique. Ensuite est intervenu l'outil, le pinceau, le bâton, on s'est aperçu de la redoutable efficacité d'avoir ça au bout du bras. Et puis, on a sophistiqué le matériel, on s'est mis à peindre au couteau. Regardez le travail d'un Jack l'Eventreur. Ensuite, avec l'avènement de la technologie, on a inventé le pistolet. Peindre au pistolet apportait quelque chose de nouveau et de terriblement dangereux. Pas étonnant que ça ait plu autant aux

229

Américains. Et maintenant, à l'ère terroriste, on peint à la bombe, dans la ville, dans le métro. C'est une autre conception du métier. Le graffiti anonyme, qui saute au coin de la rue.

Il essuie ses doigts en jetant un œil sur le hachoir.

— C'est pour ça qu'avec votre engin, vous faites un peu... Un peu passéiste. Un artisan du dimanche.

J'ai souri.

— Dites, vous... vous n'allez pas vous en servir...

Je me suis déjà posé la question, deux secondes avant lui.

— A mon avis vous ne vous en servirez pas, parce que vous savez ce qu'est une main. Vous aussi, vous aviez une main en or.

— D'où vous tenez ça ?

— Ça crève les yeux, vous l'avez dit, vous-même.

Personne ne sait, personne n'a jamais su.

— C'est le billard. Le gentleman, comme vous l'appelez, m'a raconté comment il avait bien failli y passer, en recevant votre canne sur la gueule.

— Une queue, on dit.

— J'ai mieux compris votre acharnement. Mais vous ne me ferez pas ça.

D'un coup sec j'éventre un pot de couleur tout neuf. Une nappe bleue et grasse se déverse jusqu'à ses genoux.

— Si j'étais devenu sourd-muet, ou même unijambiste, je n'aurais jamais cherché à me plonger dans une histoire qui ne me regardait pas.

230

Manque de chance pour nous tous, c'est la main qui y est passée. Mettez la vôtre sur la planche.

— Si vous voulez, je n'hésite pas une seconde.

Et il le prouve. Il fait de la place autour de lui, ramène la palette à sa portée et pose son poignet dessus. Tranquille.

— Allez...

Bien joué.

Disons que ça m'a fait du bien de traîner ce hachoir avec moi. C'est tout.

En revanche, il y a bien un truc que je préférerais ne plus traîner avec moi, c'est une escouade de flics et l'imminence d'une condamnation pour meurtre.

— Reprenez-la, elle vous occupera, à Fleury. Téléphonez à Delmas tout de suite, il est tard, c'est vrai, mais il a envie d'en finir autant que moi.

— Mais qui va s'occuper d'Hélène ?

Il a dit ça sans fougue, sans hargne. Sans malice. Oui, c'est vrai, qui va s'occuper d'Hélène...

Pour la première fois depuis ce soir, je sens naître la crainte en lui.

— Delmas ira l'interroger, dit-il, on va chercher à lui expliquer que le jeune Alain, celui qui vient la réconforter tous les vendredis soirs, celui-là a fait crever son fils dans un accident de voiture. Elle ne survivra pas longtemps à cette image. Elle ira rejoindre Julien dans la tombe dix minutes après.

— Ça me paraît couru d'avance, je dis. Vous l'aurez tuée en deux temps, à vingt ans d'écart.

Je dis ça exprès. C'est plus violent qu'un coup de hachoir. Un peu à lui de souffrir

— Sans m'épargner, moi, épargnez-la, elle.

— A savoir ? Je ne comprends pas.

— J'ai besoin de temps. Cela fait des années que je veux la sortir de ce trou de banlieue. J'ai peur qu'il lui arrive quelque chose. Et je sais où l'installer, un coin de soleil pour elle et pour son musée. Personne ne saura où elle est. Il me faut juste la convaincre. Pour tout ça, en comptant le déménagement, il me faudrait une semaine.

— Quoi ? Non mais vous êtes cinglé ? Moi aussi j'ai une mère, et elle pense aussi que je suis un assassin.

— Donnez-moi le temps d'aller la trouver. Je veux qu'elle puisse me voir. Je ne peux pas fuir une chose pareille. Juste huit jours...

Il se relève, change de tee-shirt et passe des coups de chiffon sur son jean.

— Vous plaisantez ou quoi ? Vous vous êtes imaginé que j'allais vous laisser trouver une planque aux Seychelles ? Je rêve...

— Qui vous parle de ça ? Je veux juste huit jours pour m'occuper d'elle. Je ne peux pas la laisser derrière moi. Une semaine.

— Pas même deux minutes.

— Je m'en doutais. C'est trop demander, hein ?

*

J'ai attendu qu'il se nettoie au white-spirit. Le hachoir bien en main, j'ai épié le moindre faux mouvement. Il n'a pas prononcé un mot.

Il cogite comme un dément. Le dément qu'il est.

— Et si on les jouait, ces huit jours ?

— Hein… ? Qu'est-ce que vous entendez par « jouer ».

— Les jouer au billard.

— Vous n'êtes pas en position de vous foutre de moi.

— Mais pas du tout. Je n'ai jamais approché une table de billard de ma vie, je n'y connais rien, même pas les règles. Mon seul atout, c'est la main. Vous, vous avez la science, mais pas l'outil. A mon avis, ça s'équilibre bien. Ce serait sûrement la partie la plus laide du monde. Mais pourquoi pas ?

Je n'ai jamais rien entendu d'aussi absurde.

Presque obscène.

Et pourtant j'arrive à comprendre comment une telle idée a pu germer dans le cerveau de ce demi-fou. Il aime jouer avec le feu, il a dû sentir que j'avais un truc à régler par rapport au billard. En plus, ça flatte son côté intempestif et détaché. Son cynisme. Il n'a rien à perdre. Sa proposition en devient presque logique. La logique des fous. Et j'ai toujours dit qu'il fallait laisser aux fous leur part de mystère.

— Si l'on fait un bref rapport de force, lequel d'entre nous a une chance ? Il demande.

Je ne peux sincèrement pas répondre.

— Vous êtes dingue... C'est comme si je peignais avec les pieds.

— Oh ça, vous seriez surpris, il y en a eu. Il y a même des aveugles qui peignent, je ne plaisante pas.

— Vous croyez ?

— Sûr.

Je turbine tous azimuts.

— En dix points et en jeu direct. Sans bande. Ça sera la partie la plus laide du monde, vous avez raison. Mais je ne sais pas si ça va arranger nos affaires.

— Mais si. Vous allez voir. J'en mettrais ma main à couper...

*

Il a conduit, sans me demander où nous allions. Arrivés rue de l'Etoile j'ai jeté un œil en haut, vers le balcon. J'ai prévenu de notre arrivée, sans rien expliquer. Angelo nous guette. Il m'a fait un signe quand je suis sorti de la voiture. René n'a pas cherché à comprendre quand j'ai dit que je venais jouer. Linnel ne bronche pas. Linnel se fout de tout, pourvu qu'il peigne. Pourvu qu'Hélène puisse couler ses derniers jours tranquilles, sans souiller son souvenir, sans être à nouveau confrontée à l'horreur. Et pourquoi j'accepte sa joute ? Il a juste su réveiller des choses en moi.

234

C'est tout. Oui, ce sera la partie la plus laide du monde, un nul contre un éclopé, chacun son handicap. Un sale compromis. Une misérable équité. Cette laideur me plaît, mon irrespect pour le velours vert va peut-être faire la preuve que désormais il a perdu tout son éclat, que je peux l'écorcher sans scrupules. Si la perfection n'est plus au bout de mes phalanges, autant désacraliser ce qui me reste de regrets. Pour vivre sans fantôme, une bonne fois pour toute.

Et je veux gagner, c'est le pire. Le reste, c'est de la rigolade.

— Bel endroit, il dit, en pénétrant dans la salle. Y'a comme une petite odeur de solennel voyoutant. Belle organisation de l'espace. Lumière rose sur fond vert.

René a fermé les volets et toutes les portes, même celle d'en bas. Il ne cherche pas à comprendre. Il veut me voir reprendre la flèche en bois, comme Benoît et Angelo. Les boules sont déjà disposées sur la table 2, on donne une queue à Linnel. J'en choisis une dans le ratelier, n'importe quoi fera l'affaire.

— Le principe, c'est de taper une des boules blanches pour qu'elle touche les deux autres. C'est tout.

— Aïe... Les jeux qui s'énoncent en une seule phrase sont toujours redoutables. Il faut combien d'années avant de pouvoir faire un point ? Sans faire d'accroc, j'entends.

— Ça dépend des points, certains prennent dix minutes, d'autres cinq ans. Regardez.

Je me retourne vers Angelo.

— Montre-nous le coup de la bouteille.

— Hé... ? Ma no... ça fé longtemps qué zé né lé pas fait...

— Fais pas ta diva. Montre-lui. Montre-nous.

Je sais qu'il n'en faut pas beaucoup pour le convaincre. Il adore faire ça, surtout quand on le sollicite. Linnel le regarde poser sa canette de bière sur le velours, bien au milieu, et sur le goulot, la boule rouge. Puis il place la blanche pointée sur le tapis, contre la bouteille, et l'autre blanche dans un angle de la table. Il positionne le bout de sa flèche vers le bas, parfaitement perpendiculaire au velours. Une seconde de concentration, et il pique un coup sec dans la pointée. Un coup plombé, pour être précis. L'effet donné à la boule est tellement fort qu'elle tourne sur elle-même et escalade la bouteille en une fraction de seconde, vient déloger la rouge, redescend, et va toucher la troisième, dans l'angle.

Dans ces murs, il n'y a que le rital qui sache faire ça.

Linnel, héberlué, regarde Angelo comme une créature satanique.

— Vous vous foutez de moi, là... Y'a un truc... Vous avez déjà fait venir des physiciens ici ? Il faudrait refaire ça sous contrôle scientifique.

— Ma ché, zé soui pas oune cobaye dé laboratoire !

— Hé, l'artiste, c'est vous qui avez voulu jouer au billard, non ? Rassurez-vous, je ne pourrai plus faire des coups comme ça. On est à force égale. René ! apprends-lui comment on tient la queue...

Pendant que le taulier lui inculque les rudiments de base, je saisis la mienne. Le problème à résoudre, c'est maintenir le procédé à peu près rectiligne. Je passe un peu de talc dans la saignée du bras droit et coince le bois dedans, pas trop fort, pour qu'il puisse aller et venir. Chaque coup m'oblige à m'allonger jusqu'aux hanches sur le tapis. Une position disgracieuse, oppressée, tout le contraire du billard. Les coups sont forcément plus courts, je dois taper plus fort pour rectifier le tir. Je suis écrasé sur le tapis, bancal, mais ça fonctionne. Juste assez pour jouer en direct. Benoît, tout près de moi, détourne les yeux. C'est pas beau, je sais... Il comprend mieux pourquoi j'étais réticent à l'idée de rejouer.

Linnel revient mollement en tenant son engin comme une épée.

— Avant de jouer j'aimerais bien prendre quelques précautions, pour les jours à venir. Soyons clairs, vous allez me signer un papier devant témoins, mes copains le garderont au chaud pendant exactement huit jours. Si je gagne la partie vous vous constituez prisonnier un quart d'heure après. Mes potes et moi on vous accompagnera, soyez tranquille, pour éviter les entourloupes. Si je perds, je file chez Delmas et je la boucle pendant une semaine, le temps que vous installiez la vieille. Je ne vous conseille pas d'être en retard.

— De toute façon je ne resterai pas longtemps en taule.

— Ah bon ? Tous ceux qui disent ça écopent généralement de cinq ans de rab.

— Moi c'est pas pareil. Regardez ce qui est arrivé au Douanier Rousseau. Un vrai naïf, le Douanier. En 1900... 1907, quelque part par là, il fait confiance à un escroc, ce qui lui vaut directement la cabane. Fier de son talent et de sa peinture il tient absolument à montrer ses toiles à ses geôliers et au directeur de la prison. Et on l'a immédiatement relaxé comme irresponsable.

— Non ?

— Si.

— Je vous le souhaite. En tant qu'irresponsable vous avez vos chances. Une partie en dix points, pas plus. A chaque point on a le droit de rejouer. N'oubliez pas l'enjeu. Commencez.

René s'approche, Angelo reste près du tableau d'affichage, craie en main. Benoît ne se décide toujours pas à regarder et fuit doucement vers le balcon. Linnel tremble un peu et avoue qu'il est totalement perdu.

— Fléchissez un peu les jambes, il faut que le poids du corps se répartisse sur les deux, lui lance René.

Il tape une fausse queue, d'entrée, la flèche dérape sur la boule et finit sa course sur le velours, à un centimètre de l'accroc. Et moi, arc-bouté vers les billes, je fais pratiquement la même chose.

— Vous croyez qu'il est utile de continuer ? me demande Linnel.

— Plus que jamais.

Un quart d'heure plus tard, aucune amélioration visible. Nous en sommes toujours 0 à 0. Je ressemble à ces vieillards qui essaient de marcher comme avant. Brusquement, Linnel, après avoir réfléchi un bon moment, joue son coup. Un coup facile, soit, les deux billes à toucher sont presque collées. La sienne part tant bien que mal mais va effleurer les autres, tout doucement. Un point simple mais qui a l'avantage d'être le premier. Il laisse échapper un petit cri, et rate le second, encore plus facile. René s'approche un peu plus et cherche mon regard. Au loin, dans le noir, Benoît tourne la tête vers nous. Angelo inscrit le chiffre un dans la colonne de Linnel. J'en marque un autre, juste derrière.

3 à 6 pour moi. Linnel me rattrape, il prend de plus en plus d'assurance mais je vois bien ce qui pêche dans ses coups. Il tape pleine boule et vraiment trop fort.

— Celui-là, vous n'y arriverez pas en frappant comme un sourd. Effleurez juste la rouge et la vôtre ira toute seule.

Angelo ne reste plus en place et René s'agenouille, la tête à ras du velours. Jamais je ne les ai vus aussi nerveux.

Linnel me demande :

— Vous irez voir, Hélène, là-bas, dans sa campagne ?

— Jouez..

7 pour lui.

— Cette fois vous mettez un tout petit peu d'effet sur le côté gauche, la bille va prendre la bande et va toucher la rouge à droite. Ne vous occupez de rien d'autre.

Il respecte à la lettre mes indications. Sa boule vient mourir sur la rouge. Il ferme les yeux. C'est comme si je rejouais, moi, pour la première fois. Les autres, habitués à des parties de maîtres, trouvent ça magnifique. La partie folle devient une ode au surpassement. L'éclopé qui lutte, le profane qui découvre.

— Allez, un deuxième, à chaud, il est pas dur.

Je lui montre comment s'y prendre. Sa main détient toutes les promesses. Benoît, subjugué, nous épie, de loin.

Linnel essaie d'imiter ma position du mieux qu'il peut. Il se met à ressembler à son portrait ferrailleux de 62.

Le point est fait.

Il hurle de joie.

— Dites Linnel. Dites-moi qui est vraiment ce gentleman. Et si j'ai la chance de le revoir un jour.

Il est ailleurs, dans d'autres sphères.

— Personne ne sait qui il est vraiment. Delarge n'aurait pu vous renseigner non plus. Il servait de faussaire, à l'occasion, mais je crois qu'il avait d'autres ambitions. Un jour, il a été forcé de choisir l'ombre, l'anonymat, le faux. Tout ce que lui offrait Edgard. La seule chose que j'ai réussi à savoir, c'est qu'il a « Les Demoiselles d'Avignon » tatoué sur le haut de l'épaule gauche. Dites, où est-ce que je mets l'effet, ce coup-ci ?

— Faites comme vous le sentez.

Une reproduction de Picasso sur l'épaule...

Je ne pense pas qu'il échappe à Delmas une seconde fois. C'est pas un interrogatoire qu'il va lui faire subir, au gentleman. C'est une expertise.

8 partout.

Sa boule part, droit vers son objectif.

Nous sommes tous là, hypnotisés.

Je ferme les yeux pour mieux entendre la collision.

J'ai cessé d'écouter, un instant, la musique du ressac.

L'océan m'a ramené à la vie après sept jours de taule. La vieille Hélène est à l'abri, désormais. Linnel a été ponctuel. En attendant le 3 septembre à 9 heures pour la suite de l'instruction, on m'a accordé quelques semaines d'oubli, entre le bleu outre-mer et le bleu azur. Mais la chaise longue n'a pas tardé à me jouer sur les nerfs. Avant l'arrivée de la belle saison je me suis baigné une fois ou deux, entièrement seul. Préoccupé. Et pourtant serein. Presque. J'ai vite ressenti une certaine inquiétude à la perspective de toutes ces lentes journées à venir. Mais c'est aussi pour ça que j'aime Biarritz.

J'occupe la chambre du haut. La véranda s'est subtilement transformée au fil des semaines. Elle est devenue une sorte de no man's land que même mon père n'ose pas franchir.

— Tu viens le boire ce thé, oui ou non...

— J'arrive ! dis-je, sans la moindre intention de le faire.

J'ai mis trop de temps à me concentrer sur ce truc. Et juste maintenant, après une bonne heure d'atermoiements, je sens quelque chose venir. Pas du drame, non, juste une petite porte qui vient de s'ouvrir, dans le coin droit de la toile. Quelques traînées de lavis qui m'ont suggéré une organisation. Je ne dois pas la rater. Ma main gauche s'y applique du mieux qu'elle peut. Patiente, elle aussi. Je la sens de tout cœur avec moi. Ma partenaire.

J'ai tellement de temps. J'ai tellement envie de couleurs claires et de gestes doux. Et peut-être, un jour, d'habileté. Qui sait?

— Héo, ta période verte elle peut attendre encore un quart d'heure, le thé va refroidir.

Il a envie de causer, le père. Mes barbouillages l'intriguent. Il n'a pas bronché quand j'ai réquisitionné un bout de véranda pour entreposer une toile, puis deux, puis un broc d'eau et une bâche, et deux pinceaux, puis trois. Il ne vient jamais me déranger. J'aime pas l'inabouti, il dit. Ils sont contents de savoir, les parents, que je ressemble encore à celui qu'ils ont connu naguère. Mais ils ont quand même gardé les coupures de journaux.

Le vieux s'approche de la toile sans même chercher à jeter un regard dérobé sur les coulures transparentes qui bavent de mon pinceau.

Lavis. Lavis. Lavis...

Il pose la tasse et s'éloigne. De retour sur sa chaise longue il me demande :

— Tu fais quoi? Tu cherches? Tu t'amuses? T'es sérieux?

— Oui, je m'amuse. Oui, je cherche. Non, je

ne suis pas sérieux. C'est pas créatif, c'est pas artistique, c'est pas symbolique, c'est pas chargé de sens, c'est pas compliqué, c'est pas spécialement beau ni spécialement nouveau.

Il ne semble pas convaincu.

— Ouais... N'empêche que tu peins quand même.

Oui. Peut-être. En tout cas, ce qui est sûr, c'est que je ne lui montrerai jamais ce qui est sous mes yeux, là, à cet instant précis.

Je l'entends rigoler, pas loin.

— A ton avis, papa, c'est de quelle couleur, le doute ?

— Blanc.

— Et le remords ?

— Jaune.

— Et le regret ?

— Gris, avec une nuance de bleu.

— Et le silence ?

— Va savoir...

SÉRIE NOIRE

Impression Bussière à Saint-Amand (Cher),
le 12 janvier 1990.
Dépôt légal : janvier 1990.
Numéro d'imprimeur : 10096.
ISBN 2-07-049218-4./Imprimé en France.

47883